講談社文庫

天を測る

今野 敏

講談社

主な登場人物

小野友五郎……咸臨丸の測量方兼運用方。長崎海軍伝習所の一期生。笠間藩出身
松岡磐吉……咸臨丸の測量方。長崎海軍伝習所では友五郎の一期後輩にあたる
伴鉄太郎……咸臨丸の測量方。長崎海軍伝習所では友五郎の一期後輩
赤松大三郎……咸臨丸の測量方。長崎海軍伝習所では友五郎の二期後輩
肥田浜五郎……咸臨丸の蒸気方
木村摂津守喜毅……江戸幕府軍艦奉行
中浜万次郎……遣米使節通弁
勝麟太郎……咸臨丸艦長。長崎海軍伝習所では友五郎と同期。のちの海舟
福沢諭吉……中津藩奥平家家臣。木村摂津守の従者として咸臨丸に乗船
小栗豊後守忠順……遣米使節目付。ポーハタン号に乗船
松平石見守康英……江戸幕府勘定奉行。かつては外国奉行などを歴任した
榎本釜次郎……長崎海軍伝習所二期生。のちの武揚
津多……友五郎の妻
ジョン・M・ブルック……アメリカ海軍士官。測量艦の艦長としての経歴を持つ。助言役として咸臨丸に同乗
ロバート・プルーイン……アメリカ駐日公使

「天を測る」主要地図

江戸城
隅田川
荒川
築地
品川
品川台場
江戸湾
横浜
富津台場
猿島台場
富津
三浦半島
横須賀
観音崎台場
浦賀
伊豆半島
房総半島
太平洋

天を測る

一

夜になり、人足《にんそく》たちもいなくなった浦賀《うらが》の港に、咸臨丸《かんりんまる》が停泊していた。

その甲板《かんぱん》に立って、小野友五郎《おのともごろう》は、六分儀《ろくぶんぎ》を手に、淡々と作業を続けていた。空は晴れており、月と星が見えている。

小野友五郎は、咸臨丸の測量方兼運用方だ。船の位置を割り出し、航路を定める大切な役目だ。

彼の近くに三人の男たちがいた。いずれも、友五郎よりもはるかに若い。

この三人も同じ測量方だ。

その中の一人、松岡磐吉《まつおかばんきち》が言った。

「小野さんは、よくもそう落ち着いていられますね」

さらに、赤松大三郎《あかまつだいざぶろう》が言う。

「まったくです。私なんぞは、なんだか熱が出そうな気分です。明日はいよいよアメリカに向けて出発ですよ」

そして、伴鉄太郎《ばんてつたろう》が言った。

「俺もなんだかのぼせたように感じている。不安と楽しみとで、頭がはち切れそうだ。だが、小野さんは、特別なんだよ。俺たちとは違う」

友五郎は六分儀を覗いたまま、言った。

「何が特別なものですか。ほら、ちゃんと記録してください」

松岡と赤松が慌てて筆を構えた。この二人は同じ年だ。伴が彼らより十六歳上だ。友五郎はさらにその伴よりも八歳年上だった。

伴と松岡は、長崎《ながさき》海軍伝習所の二期生、赤松は三期生で、一期生の友五郎から見れば弟子のようなものだ。

友五郎は六分儀によって観測した数値を彼らに記録させていたのだ。本来なら自分ですべてをやりたかった。

測量とか算術が若い頃から大好きなのだ。他人に任せると、どうも安心できない。自分の手で測量し、自分の頭で計算するのが一番だった。

だが、アメリカまでは長い航海になる。一人で何もかもこなすわけにはいかなくなる。

そして、後進を育てることも考えなくてはならない。公儀は、友五郎にそれを期待しているはずだ。

友五郎はふと、甲板上を近づいてくる二人の人影に気づいた。そのうちの一人は体格から見て日本人ではない。咸臨丸にはアメリカ人が十一人乗り組んでいる。

近くまで来て、それがジョン・M・ブルックだということがわかった。豊かな鬚《ひげ》をたくわえている。アメリカの測量艦の元艦長だという。航海術にかけては熟練の域に達しており、なおかつ測量の専門家でもあると聞いている。

いっしょにいるのは、通弁の中浜万次郎《なかはままんじろう》だ。その万次郎が友五郎に言った。

「ブルック氏は、あなたが何をしているのか、とても興味をお持ちのようです」

友五郎がこたえた。

「見てのとおり、天測です。この港は、品川《しながわ》から経度五分のところにあるようです」

万次郎がそれを伝えると、ブルックは眉をひそめた。そして、何事か言う。それを万次郎が訳した。

「今、経度と言いましたか？　どうやって経度を割り出しているのです？」

友五郎がこたえた。

「決まっているじゃないですか。月距《げっきょ》ですよ」

万次郎がそれをブルックに伝える。すると、ブルックが大きく目をむいた。すっかり驚いた様子だ。

それを見た伴が言った。

「まさか、アメリカの船乗りは、月距法を知らないわけじゃないですよね」

松岡が言う。

「どうやらそうじゃないらしい。我々日本人が、月距法のような高等技術を知っていることに驚いたようですね。なんとも失礼な話だ」

「いや」

友五郎は言った。「クロノメーターを使わず、今どき月距法を使っているので、時代遅れだと驚いたのかもしれない。名誉のために言っておこう。今私は、クロノメーターの補正のために、月距法で正確な時刻を割り出していたところです」

万次郎がそれを訳すと、ブルックは納得したように何度もうなずいた。

万次郎がブルックの言葉を友五郎たちに伝える。

「あなたたちのような航海士が同乗してくれて、おおいに頼もしく思います」

伴が言った。

「おお。大船に乗ったつもりでいてくれ」

友五郎は、万次郎に言った。

「今のは訳さなくていいですよ。喩《たと》えにもなっていませんからね」

経度を割り出すには、正確な時刻を知らなければならない。月距法というのは、恒星と月の角距離《かくきょり》を測ることによって、正確な時刻を割り出し、それによって経度を知る方法だ。

精密なクロノメーターによって経度を知ることができるようになった。しかし、どんなに精巧でも多少の誤差は出る。遅れたり進んだりするのは仕方がない。

それを補正するためにも月距法は必要だ。浦賀の港で、友五郎はそれを行っていたのだ。

月距法は計算が複雑で、なかなか修得できるものではない。それを日本人がやっていたので、ブルックは驚いたというわけだ。

松岡が「失礼な話」と言ったが、別に友五郎はそうは思わなかった。日本人だろうがアメリカ人だろうが、月距法を修得している者はそれほど多くはないのだ。

それよりも、万次郎が「月距法」という単語を正確に英語に翻訳していたことに、友五郎は感心していた。

万次郎は、アメリカの捕鯨船《ほげいせん》に乗っていたというから、その言葉を知っていたのだろう。彼は、英語を母国語同様に使いこなすだけでなく、航海術も身につけているのだ。

これから太平洋を渡ろうとする咸臨丸にはもってこいの人材だ。ブルックは、友五郎たちに対して「頼もしい」と言ったが、万次郎にも同様のことを感じているに違いない。

友五郎自身は、別に頼もしかろうがそうでなかろうが、どうでもよかった。ただ、できることをやるだけだ。

長崎海軍伝習所以来、艦船での経験はそれなりに積んでいる。だが、もちろん太平洋を越えるなど初めてのことだ。

だからといって、緊張しても始まらないと、友五郎は思っている。観測と計算。それがやるべきことのすべてだ。太平洋は未知の世界だが、観測と計算に関して友五郎はまったく不安などない。

いつもどおりやるだけだ。

算術は決して自分を裏切らないと、友五郎は固く信じているのだ。

安政《あんせい》七年（一八六〇年）一月十九日、咸臨丸は浦賀を出発した。

出航の日は晴れていたが、陸地が見えなくなる頃から雲行きが怪しくなり、うねりが高くなった。

海に慣れていない者は、たちまち船酔いに悩まされることになった。船に馴染みのない者ならわかるが、長崎海軍伝習所でいっしょだった勝麟太郎《かつりんたろう》が船酔いと聞いて、友五郎はまさかと思った。

友五郎は、測量の最中に赤松と松岡の会話を聞いていた。この二人は伝習所の出身で年齢も同じとあって、気安く話し合える間柄だった。

「艦長はまた船室に引きこもっているそうだぞ」

赤松が言った。艦長というのは、勝麟太郎のことだ。

赤松は測量方の三人の中でも特に六分儀を使った天測が得意だ。友五郎は、天測に関しては赤松と二人でやることにしていた。

その赤松の言葉に対して、松岡が言う。

「役に立たない人は、おとなしく部屋にいてくれたほうがいい」

松岡は思ったことを平気で口に出す。かといって思慮が足りないわけではない。どうやら彼なりの、言っていいことと悪いことの判断基準があるらしい。

松岡は筋が通った男だと、友五郎は思った。おそらく、操船の術は自分より上だろう。操船は技術だけではできない。時に、確固とした信念が必要なのだ。松岡にはそれが備わっていると、友五郎は思った。

赤松が驚いたように言う。

「おい、そんなことを言って、艦長の耳に入ったら、海に捨てられるぞ」

「本当のことを言ったまでだ。お奉行とはえらい違いだ」

松岡が言ったお奉行とは、軍艦奉行の木村摂津守喜毅《きむらせっつのかみよしたけ》だ。

「たしかにな……」

赤松は声を落とした。「お奉行は、この船に乗るに当たり、私財を処分されて千両箱三つを持ち込まれたそうだ。それをすべてこの航海のために使おうとお考えのようだ」

友五郎もその話は聞いていた。摂津守は、勝麟太郎より七歳若いが、人物ははるかに上かもしれないと、友五郎は思った。

二人の会話を聞いていた伴が言った。

「口よりも手を動かさんか」

年上らしい発言だが、誤りがある。

友五郎は言った。

「動かすべきは手ではなく頭ですよ。ちゃんと頭を働かせてください」

測量方が計算を間違えば、船は路頭に迷い、アメリカに到着することも、日本に帰ることもできなくなる。

そのために、日本側とアメリカ側双方で別個に測量をすることにしていた。毎日、船の位置を所定の場所に貼り出すのだ。

伴は、これを面白がって「日本とアメリカの測量合戦だ」などと言った。

友五郎にとっては、どうでもいいことだ。

測量合戦をやる必要などない。アメリカ側で実際に測量をするのは、ブルックと万次郎らしいが、友五郎はそれすらも必要ないと思っている。

自分が間違えるはずがないと考えているのだ。

それを三人の測量方に話したとき、松岡が言った。

「へえ、さすがに小野さんだ。自信がおありなのですね」

友五郎はこたえた。

「自信なんて関係ありませんよ」

「関係ない、ですか？」

「そうです。計算のやり方は決まっています。それに従えばいいだけのことです」

「それでも間違えることはあるでしょう」

「間違えないようにやればいい」

「人間、それがなかなかできないのではないですか」

そのとき友五郎は、不思議な思いで松岡の顔を見た。

「なかなかできない？　それは妙ですね。あなたは、ご飯をいただくときに、何か間違いをしますか？　風呂に入るとき、何か間違ったりしますか？」

松岡が少々むっとした顔で言った。

「食事や風呂と、計算とは違うでしょう」

友五郎はぽかんとした顔になって言った。

「何が違うのです？　同じでしょう。ですから、間違えるはずなどないのです」

松岡があきれた顔になった。

「いやあ、小野さんにはとてもかないません」

「かなうもかなわないもない。正しい計算をすれば、誰がやっても出てくるこたえは同じじゃないですか」

「それを本気でおっしゃっているところがすごい」

こうした反応は、別に松岡が初めてというわけではない。若い頃から、同じようなことを言われることがあった。

その度に、友五郎は思う。

どうして人は、細かなことに拘泥《こうでい》したり、ことさらに複雑に考えようとするのだろう。物事はできるだけ単純化して考えたほうがいい。

世の中の真理というのは、ごく単純なものだと、友五郎は考えている。さらに言えば、真理はおそらく単純で美しい数式で表現できるに違いない。

すべての煩雑な物事は、幻のようなものだ。それは単純化できるはずだ。きっと、この世界の成り立ちを表現する純粋な理論が存在するのだ。

友五郎はいつしか、そう考えるようになっていた。もちろん、その数式を友五郎は知らない。世界中の誰も知らないだろう。

しかし、たしかにそれは存在する。友五郎の頭脳の中には、その純粋な理論のぼんやりとした印象がある。

とらえどころのない印象だ。だが、それが世界の真理だということはわかっている。

そんな考えを抱くようになってから、これまで面倒だと思っていたさまざまなことが気にならなくなった。切り捨ててしまえばいいのだ。

そう思うだけで、実際に切り捨てなくても、同じような効果を得ることができる。

偉大で単純で純粋な理論に比べれば、どんな計算もたいしたことではないと感じる。だから、松岡のように誤ることを恐れたりはしない。

月距法などの天測は、複雑で難しい計算を必要とする高等技術だ。しかしそれすらも、友五郎の夢想の中にだけ存在する純粋な理論に比べればたいしたことではないのだ。

咸臨丸は随伴艦だ。公儀の命を帯びて、日米修好通商条約の批准書《ひじゅんしょ》を交換するためにアメリカに赴く外国奉行、新見《しんみ》豊前守《ぶぜんのかみ》正興《まさおき》が、米国艦のポーハタン号で品川を出発した。

咸臨丸はその警護に当たるとともに、海軍伝習の技術を実際に試す目的で随伴航行することになった。

軍艦奉行の木村摂津守の強い要請により、ブルックたち十一人のアメリカ人が乗組員に加わった。これは、現実的な判断だと、友五郎も納得していた。

ただ、勝麟太郎は納得しなかった。日本人だけで太平洋横断をやり遂げなければ意味がないと、無茶なことを主張しつづけたのだ。それをなだめたのは、木村摂津守だった。

咸臨丸は、ずっと悪天候に見舞われていた。雨と風と波。空はたいてい厚い雲に覆われていた。

天測は、昼間は太陽の、夜は月や星の、水平線に対する角度を測定するのが原則だ。だから、晴れのときはいいが、悪天候が続くと困ったことになる。

それでも、なんとか太陽を探しだし、それを測定するのが測量方の仕事なのだ。雲の合間から太陽が顔を出すようなときは、ひじょうに幸運だと思わなければならない。

ほんの一部でも太陽が見えれば、それで測定ができる。

そうやって、友五郎たち測量方は、なんとか仕事をこなしていた。

ブルックたちアメリカ側が出す数値と、友五郎たち日本側が出す数値は、おおよそ等しかった。それは双方の測量方の実力の証明であり、ブルックはおおむね友五郎たちを信頼した様子だった。

緯度・経度を記して貼り出された、日米双方の紙を見つめ、赤松が言った。

「我々は、ミニュートまで計算して出しますが、アメリカ人は切り捨ててしまうのですね」

赤松が言う「ミニュート」は、「分」のことだ。友五郎はこたえた。

「ブルックのやり方は、我々に比べると、どうも大雑把なようですね。なにせ、彼らの国は大きいし、体も大きい。そして、さらに大きな海で仕事をしています。細かなことにはこだわらなくなるのでしょう」

「それで充分に航海士が勤まるということなんですね」

「彼らは彼ら、我々は我々です。正確に細かなところまで計算する我々のやり方が役に立つときが、きっと来ます」

友五郎は、相手に合わせて自分のやり方を変えるのを嫌った。誤りは正すべきだ。だが、間違っていないのなら、それを変える必要はない。

学ぶべきところは学ぶ。しかし、これまで学んだことを粗末にする必要はない。

珍しく雲が切れ、青空が顔を出した日、友五郎たち測量方はさっそく天文観測を行った。そして、いつものように所定の場所に、その結果を貼り出した。

アメリカ側も同様に結果を貼り出す。すでにお馴染みの光景だ。

後から結果を貼り出したブルックが、難しい表情で紙を見つめているのに、友五郎は気づいた。

何事だろうと思い、友五郎は近づき、同様に貼り出された二つの紙を見た。そして、眉をひそめた。

いつもは、ほぼ一致する双方の数値が、かなり違っている。友五郎は、しげしげとその数字を見比べた。

ブルックが何か言った。それを、彼の隣にいる万次郎が訳す。

「どちらかが計算間違いをしている。ブルック氏はそう言っています」

友五郎は、数値を見つめたままこたえた。

「計算間違い？　それはあり得ない」

万次郎が聞き返す。

「あり得ないというのは、どういうことですか？」

友五郎は、万次郎を見た。

「私たちが計算間違いをするのがあり得ないと言ったのです」

万次郎は、それをそのままブルックに伝えたようだった。ブルックは、驚いたように万次郎を見て、それから友五郎を見据えた。

彼の言葉を万次郎が訳す。

「これまでの経験に照らして、我々のほうが正しいことは明らかです」

万次郎の言葉は丁寧だが、ブルックの口調は激しかった。おそらく、誇りを傷つけられたように感じたのだろうと、友五郎は思った。

だが、誇りならこちらにもある。友五郎は譲らなかった。

「計測と計算の経験なら、こちらにもあります」

ブルックが顔を赤くして何かを言う。それを万次郎が訳す。

「即刻、計算をやり直してください。数値が一致しないと、船の正しい位置がわかりません」

友五郎は言う。

「おっしゃるとおり、正確な位置を割り出さねばなりません。そちらも計算をやり直すべきです」

いつしか、ブルックの側にアメリカの航海士たちがやってきていた。気づくと、友五郎の背後に、伴、松岡、赤松の三人がいた。

万次郎が小声で言った。

「船というのは、逃げ場がありません。関係が悪化すると、修復に時間がかかりますよ」

これは、通弁としての言葉ではなかった。彼自身の思いだ。友五郎はこたえた。

「関係が悪化？　どうして悪化するのです？　私は正しいと思っていることを言っているだけです」

ブルックだけでなく、アメリカの航海士たちも友五郎を睨みつけている。日本の測量方もアメリカ人たちを見据えている。

両国の航海士たちが対峙していた。万次郎が溜め息をつき、小さくかぶりを振った。

二

「私は十四歳で、海尉候補生《ミジップマン》としてアメリカ合衆国海軍に入って以来ずっと海で働いてきました」

ブルックの言葉を万次郎が訳した。「北太平洋もベーリング海も東シナ海も知っています。そこで私は測量を任されていたのです。あなた方には、そんな経験はない」

友五郎は、平然とこたえた。

「関係ありません」

それを万次郎が英語に訳して伝えると、ブルックは目を丸くした。

「関係ないとはどういうことか。彼はそう尋ねている」

万次郎の言葉に、友五郎は言った。

「あなたの海軍士官として、あるいは航海士としての経験に対しては尊敬の念を抱きます。しかし、それと計算結果は関係ありません。計算は海軍の経験とは関係ないのです」

それに対して、ブルックが言う。

「私の測量に間違いはありません」

「測量そのものに間違いがなくても、計算に間違いがあるかもしれません。ここは、日本とアメリカの双方が計算をし直してみるべきでしょう」

万次郎がそれを訳すと、アメリカの航海士の一人が嚙みつくように何か言った。万次郎がそれを訳すのを、一瞬躊躇《ちゅうちょ》した。おそらく、日本人を見下すようなことを言ったのだろうと、友五郎は思った。

すると、ブルックがその士官を制止するように腕を横に出した。そして、彼は言った。

「いいでしょう。そこまで言うのなら、計算し直しましょう」

ブルックは、自分たちが貼った紙をはがして持ち去った。友五郎も日本側の紙をはがした。そして、船室でもう一度計算を始めた。

伴たち三人が心配そうについてきたが、友五郎は彼らにはかまわず、一人で計算をした。

伴、松岡、赤松の三人は、船室の出入り口から友五郎の様子を見つめている。やがて、友五郎は顔を上げた。

再計算の結果に満足していた。やり直しても、同じ結果だった。

友五郎は戸口の三人に言った。

「やはり、我々の計算は間違っていませんでした」

伴がほっとした顔で言った。

「小野さんがそう言われるのなら安心だ」

赤松が言う。

「じゃあ、もう一度紙を貼りに行きましょう」

友五郎たちは、元の場所に戻り、先ほどと同様に紙を掲示した。ブルックたちは、なかなかやってこなかった。

伴が言った。

「アメリカ人たちは何をやっているんだ」

松岡が言う。

「すぐに来られない理由があるということでしょう」

伴が尋ねる。

「その理由って何だ?」

「計算が間違っていたことに気づいたのでしょう。でも、それを認めたくはない。それで逡巡しているんでしょう」

「なるほどな……」

そこにアメリカ人一行がやってきた。先頭に立つのはブルックだ。万次郎もいっしょだ。

友五郎は言った。

「再計算をしましたが、結果はいっしょでした」

万次郎がそれを訳すと、ブルックがこたえた。それをまた万次郎が訳す。

「こちらの誤算でした。あなたが言ったことが正しかった。あなたが言うとおり、再計算してみてよかった」

なんだ、あっさりしたものだな。

友五郎はそう思った。彼らには海軍士官としての誇りがあるから、おいそれと自分の過ちを認めないのではないかと思っていたのだ。

さらにブルックの言葉が続いた。

「あなたの自信と信念に、私は感服しました。私は、ますますあなたを信頼するでしょう」

日本人はあまり、他人に直接こういうことは言わない。それで、友五郎はすっかり面食らってしまった。

「計算には自信があります」

友五郎は言った。「ただそれだけです」

ブルックは右手を差し出した。友五郎がさらに戸惑っていると、万次郎が言った。

「握手を求めているのです。手を握り合うことは友好の証しです」

「はあ……。そうですか」

友五郎はブルックと握手を交わした。

ブルックが万次郎を通じて、友五郎に尋ねた。

「あなたのその自信はどこから来るのですか？　経歴をお聞かせ願えますか？」

「経歴ですか？　一言では説明できませんね」

「船室でうかがいましょう」

「はあ……」

「では、行きましょう」

ブルックは歩き出した。

友五郎は、ブルックの豹変ぶりに、まだ戸惑っていた。

万次郎がその様子を見て、笑いながら言った。

「日本人は、あまり自分の考えをはっきり言いません。謙譲の気持ちが強いからです。でもそれは、アメリカ人にはなかなか理解されません。あなたは思ったことをはっきりおっしゃるし、相手の顔色をうかがって自分を曲げたりなさいません。ブルックは、それが気に入ったようです」

「アメリカ人というのは、単純なんですね？」

「そう。いい意味でも悪い意味でも、シンプルですね」

「シンプル……？」

「ああ、単純あるいは簡単ということです」

友五郎は、うなずいた。

「シンプルなのはいいことだと、私も思います」

万次郎は、また笑った。

ブルックの船室は、驚くほどきちんと片づいていた。港を出て月日が経つと、次第に船室の中にもさまざまな臭いが満ちてくる。

まず潮の臭いだ。釣りをして食材の足しにしたりするが、その魚類の臭いもしてくる。そして乗組員たちの汗の臭いだ。それらが船室の中で混じり合う。

だが、ブルックの部屋ではそれをあまり感じなかった。

なるほど、一流の士官というのは、身の回りの整理整頓と清潔に気を配るものなのだと、友五郎は思った。

椅子に腰かけると、万次郎の通訳を介しながら、二人は会話を始めた。

ブルックが言う。

「私はあなたの経歴に、たいへん興味があります。実を言うと、日本の方がたいへん高度な天測の知識と技術を身につけておられることに、驚いているのです」

東洋の小さな島国の住民にそんな知識があるとは思ってもいなかったということな

のだろう。

興味があるというのなら、話してやろうと、友五郎は思った。

「私は、十六歳のときに甲斐駒蔵《かいこまぞう》という先生から本格的に算術を学びはじめました」

「十六歳。それは私が海軍に入ったのと、それほど違わない年齢ですね」

「当時、兄のもとで厄介になっていたのですが、兄のところも生活が楽ではなく、就学が少々遅れました」

万次郎が聞き返した。

「ヤッカイ？」

「ああ、居候のことです」

万次郎が訳するのを聞き、ブルックが尋ねた。

「どうして、お兄さんのもとで暮らしていたのですか？」

「十一歳のときに、父が他界したからです」

「それはお気の毒に……」

「そして、十七歳になったとき、私は小野家の養子となり、二十歳で家督を継ぎました」

「一家の主となった、ということですね」

「そうです」

「先生のもとでは、どのようなことを学ばれたのですか？」

「最初は、算盤《そろばん》による計算です。日常のさまざまな計算を学びました。数の計算だけでなく、度量や貨幣の換算、そして、面積、体積の求め方から、測量の方法まで学びました。そうした一般算術を終えると、今度は地方《じかた》算術を学びました。地方算術というのは、農政に必要な租税、土木工事・治水工事、そして、測地のための算術です」

ブルックは、興味深げな顔でうなずき、話の先をうながした。

こんな話を聞いて、楽しいのだろうか。

そんなことを思いながら、友五郎は話を続けた。

「二十一歳のときに、それまでの寺社方手代《てだい》から、地方手代に配置替えになりました。地方手代は、算術を必要とする仕事でした」

「そこで、計算による実務を経験されるわけですね」

「はい。甲斐先生のもとで勉学に励みつつ、役職では、それを実際に使う機会を得たのです。幸運でした」

「いや、それは決して幸運などではないでしょう。あなたの算術家としての実力が認められたということでしょう」

「さあ、どうでしょう。私にはそういうことはわかりません」

友五郎には、本当にわからないのだ。自分は仕事を与えられる側なので、与える側の思惑など知る由もないと思っている。

「それから、どうされたのですか?」

ブルックの問いに、友五郎はこたえる。

「二十五歳のときに、江戸表に転勤になりました。江戸では、笠間《かさま》牧野《まきの》家の下屋敷で元〆《もとじめ》手代をやりました。これは、国許の財政の専門職です。せっかく江戸に出たのですから、私は甲斐先生の師である長谷川《はせがわ》弘《ひろむ》先生の『算学道場』に入門しました。ここでの勉強はおおいにためになり、三十歳のときに、国許の算術世話役を仰せつかりました」

「算術に自信をお持ちの理由がわかりました。が、航海術についてはどこで学ばれたのですか?」

「長崎に海軍伝習所ができて、私はそこの一期生として学ぶことになりました。三十九歳のときのことです。伝習所では船の技術も学びましたが、私にとっては、西洋から伝わった微分積分を学べたことが大きかった……」

「なんと、微分積分まで……。これは恐れ入った……」

ブルックは本当に驚いた様子だった。

欧米の人々はおそらく、日本を未開の国だと思っているのだろう。ブルックもそうだったのかもしれない。

その認識を改めてやったのだ。友五郎はいい気分になった。

そのとき友五郎は、外が何やら騒がしいのに気づいた。

誰かが大声でわめいているようだ。

友五郎とブルックは、顔を見合わせてから立ち上がった。

甲板に出ると、大声を上げているのは勝麟太郎だった。

船酔いのためにずっと船室に閉じこもっていたのだが、ようやく出てきたようだ。

晴れ間がのぞいたせいだろうか。

友五郎は、松岡を見つけて近づき、尋ねた。

「いったい、何の騒ぎです?」

「ああ、艦長が水夫《かこ》を捕まえて騒いでいるのです」

「なぜ……?」

「まあ、聞いてくださいよ」

そう言われて、友五郎は勝麟太郎の言葉に耳を傾けた。

勝はこんなことを言っていた。

「おい、おいらは、もう真っ平なんだよぉ。帰《けえ》るから、バッテラを下ろしてくんな。早く下ろすんだよぉ」

バッテラは、短艇のことだ。上陸や非常の際に使用する。

勝は、太平洋のど真ん中で、日本に帰るから短艇を下ろせと言っているのだ。

友五郎は思わずつぶやいた。

「あの人は、ばかですか……」

松岡がふんと鼻を鳴らしてから言った。

「ばかより始末が悪いかもしれませんよ」

友五郎は、思わず松岡の顔を見た。

「それは、どういうことですか？」

松岡は、勝麟太郎の様子を冷ややかに眺めたまま言った。

「ここからバッテラで日本に帰るなんて、不可能なことは、艦長は百も承知です。そんな言葉に従う者がいるはずがありません。それも承知の上で騒いでいるのです」

友五郎は不思議に思った。

「なぜでしょう」

「自分がどれくらい大切にされているか、確かめたいのでしょう」

「はあ……」

水夫や下級士官だけではなだめきれず、ついに軍艦奉行の木村摂津守がやってきた。

「勝殿、いかがなされました」

「摂津。俺は帰ると言ってるんだ。バッテラを下ろせ」

「そんなことを仰せられては困ります。アメリカ行きを強く主張されたのは、勝殿ではありませんか。せっかくアメリカに着いても、勝殿がおられないのでは、どうしようもありません」

「こう船が揺れてばかりじゃあ、おいら、もたねえよ」

「苦難を超えて、アメリカに着いたときの喜びはひとしおでしょう」

「ふん。うまいこと言いやがる」

それから、勝麟太郎は甲板の上を見回した。大勢が集まって成り行きを見つめている。勝は続けて言った。「摂津が、それほど言うのなら、もうしばらく付き合うとするか。おいらは部屋にいるから、何かあったら知らせてくんな」

「承知」

勝麟太郎は、甲板に集まった人々を悠然と見回してから、船室に下りていった。

木村摂津守は、士官や水夫を解散させ、自分も部屋に戻った。

その様子を見ていた友五郎は、松岡に言った。

「なるほど、困ったものですね」

「長崎の伝習所には、小野さんと同期で入られたのですね？」

「そうです。同じ一期生です」

「私が入所したときも、勝さんはいらっしゃいましたよ」

「そうそう。卒業がずいぶん遅れたようですね。私たちがいた頃、彼は学生長をやっていました。あらかじめオランダ語を学んでいたので、オランダ人教師たちと意思疎通ができたのです。まあ、もっとも、文法を無視した、かなりでたらめなオランダ語でしたが……」

「あの頃から、船は苦手なようでしたね」

「そう。勝さんの取り得は、声が大きいことです」

友五郎は、伝習所での勝を思い出していた。操船術も苦手、算術も苦手。蘭語には通じているようだったが、もちろん自在に会話ができるほどではない。

ところが、勝はオランダ人の教授陣に対して臆することもなく話しかけるのだ。文法はでたらめでも、大声でわめいていれば、意図は通じる。

それが勝麟太郎のやり方だ。あの頃と、ちっとも変わっていないな。そんなことを思っていると、甲板で、今度は一人の若者がわめきだした。

「あの教授方頭取の態度は何だ。お奉行に失礼ではないか。帰りたいというなら、バッテラを下ろしてやればいいんだ」

教授方頭取というのは、勝麟太郎のことだ。艦長などと呼ばれているが、正式にはそういう身分だ。

ふと気になって、友五郎は松岡に尋ねた。

「彼はたしか、木村摂津守殿の従者ですね？」

「はい。名は、福沢諭吉《ふくざわゆきち》といいます」

「威勢がいいですね。どうせなら勝さんがいるときに言えばいいのに」

松岡はくすくすと笑った。

「福沢さんも、どこか艦長と似ているところがありますからね。似た者同士で、いずれぶつかるかもしれませんよ」

友五郎は言った。

「木村摂津守殿がおられる限り、そういうことはないでしょう」

問題は山積みだ。例えば、日本人の水夫たちは長期の航海に慣れておらず、なおかつ航海術もまだまだ未熟だ。規律の面でも難があり、アメリカ人たちと差がありすぎる。

そちらの問題が大きく、日本人同士がつまらないことで揉めている場合ではない。

友五郎は水平線に眼をやった。

何があろうが、船の位置は私が割り出し、進むべき路《みち》は私が決める。

そんなことを思っていた。

三

ポーハタン号と咸臨丸の船旅は、連日ひどい天候に見舞われたが、このところ海は落ち着いてきた。空模様もそれほど荒れてはいない。

天測によって船の位置を割り出している友五郎たちには、旅も終盤であることがわかっていた。

出港当初は、不慣れでしかも統制が取れておらず、アメリカ人たちを呆れさせた日本の水夫たちも、いつしかそれらしい動きをするようになっていた。

荒天続きの旅の前半では、日本の水夫のだらしのなさに、ブルックが癇癪を起こしていたが、最近ではそのようなこともなくなった。

海は比較的穏やかになったし、いくらなんでも、もう船酔いにも慣れているはずだが、勝麟太郎は相変わらず船室に閉じこもっていた。

甲板に出て、外の空気を吸ったほうが、気分もよくなるだろうにと、友五郎は思う。長崎伝習所で船のことを学んだのだから、勝もそれくらいのことは知っているはずだ。

それなのに、勝は部屋から出てこようとはしない。船内の指揮は木村摂津守に任せきりだ。勝は、年下の摂津守が自分より上の立場なのが面白くないのだと、乗組員たちは噂していた。

年上だの年下だのは、この際どうでもいいことだろうと、友五郎は思う。

船という限られた空間には、限られた人材しかいない。だから、それぞれができることを精一杯やらなければならない。

船旅の特殊性は、そのへんにある。すべての乗組員が何らかの役割を果たさなければならないのだ。

勝麟太郎はそれを放棄しているように見える。水夫たちも、すでに彼を見放しているようだ。

それはそれで仕方のないことだと、友五郎は思った。操船、特に軍艦の運用は経験と実力がものを言う。実務に長《た》けた者が自然と尊敬を受けるようになるものだ。

木村摂津守がそうだった。

実は、彼も勝同様に船酔いに苦しんでいた。にもかかわらず、士官や水夫たちの話をよく聞き、諍《いさか》いが起きると間に入って卓越した判断力を発揮した。そして、常に部下に対する心遣いを忘れなかった。

波風と戦い、無事に嵐を切り抜けたときなど、節目節目で、みんなに報奨金を与えた。家財を処分して持って来た千両箱の中からそれを支払うのだ。おかげで木村摂津守の信頼は高まり、彼に逆らう者はいなくなった。

船というのは、言ってみれば極限状態だ。何かあってもそこから逃げ出すことはできないのだ。問題が起きれば乗組員だけで解決しなければならない。

そうなると、些細な感情も増幅されることになる。つまり、船は社会の縮図だと、友五郎は思う。

その縮尺が縮まるほど、感情の振れ幅は大きくなるように思う。だから、嫌われる者は徹底的に嫌われ、好かれる者は徹底的に好かれる。

そして、極限状況を共に乗り切った者たちの絆は強い。

二月二十五日の早朝は薄曇りで、南西の風が強く吹き、波が高かった。だが、昼過ぎになると風も止み、快晴となった。

天測にはもってこいの日で、日本側の測量方もアメリカ側の航海士も早々と計算の結果を出していた。

甲板では、士官や水夫たちが穏やかな海を眺めている。友五郎も甲板に出てみた。

そこに、ブルックと万次郎がやってきた。万次郎が言った。

「低気圧を抜けたようですね。しばらくは穏やかな日が続きそうです」

友五郎はこたえた。

「長かった旅も、もうじき終わりますね」

「そうそう。それなんですよ。ブルック氏は、明日の朝には、サンフランシスコの山が見えるだろうと言っています」

近くにいて、その話を聞いていた日本人士官が笑顔になって言った。

「それは本当ですか？　明日の朝には陸地が見えると……？」

万次郎がうなずいた。

「ええ。ブルック氏はそう言っています」

その士官は仲間に言った。

「聞いたか。明日には陸地が見えるぞ」

仲間が歓声を上げる。来る日も来る日も水平線を眺めてきた乗組員たちにとって、陸地が見えるというのは、それくらいありがたいことなのだ。

その話が甲板にいる者たちに伝わっていく様子を見て、友五郎は万次郎に言った。

「待ってください。私の計算によると、明日の午後にならなければ、山は見えないはずです」

万次郎が言った。

「そうですか？　でも、それほど大きな問題ではないでしょう。明日になれば山が見えてくるという話でしょう？」

「いや、我々測量方としては、正確を期さなければなりません。ブルック殿に、その旨をお伝えいただきたい」

友五郎としては、朝と午後の違いどころか、一時間の狂いも許せないのだ。それを万次郎が友五郎の言葉を伝えると、ブルックは笑って何事か言った。それを万次郎が訳す。

「間違いありません。アメリカは私の国ですから。ブルック氏はそう言っています」

それに対して、友五郎は言った。

「誰の国だろうと、測量に違いがあるわけではありません」

ブルックも負けてはいない。万次郎を通して、こう主張してきた。

「サンフランシスコが近いことは、この体で感じています。測量の結果も間違いない。明日の朝には、必ず山が見えてきます」

「いいえ、午後にならなければ山は見えないはずです」

甲板にいる士官や水夫たちが、万次郎を介した二人の議論の行方を見守っている。

ブルックが肩をすくめた。アメリカ人がよくやる仕草だ。

「どうせ、明日の朝になればわかることです」

そのブルックの言葉に、友五郎は言った。

「そうですね。明日の朝を待つことにしましょう」

ブルックは、余裕の笑みを浮かべ、会釈をすると、万次郎とともに友五郎のもとを去っていった。

手すりに両手をついて、舳先《へさき》のほうを眺めた。その水平線の向こうにはサンフランシスコの港があるはずだ。

そこに、測量方の伴、赤松、松岡がやってきた。

伴が友五郎に言った。

「ブルック殿とやり合ったそうですね」

「人聞きが悪いですね。やり合ったわけではありません。測量方として議論をしたのです」

赤松が言う。

「明日の朝には、山が見えてくるはずだと、すでに船内に話が広まっています」

友五郎は言った。

「私の計算では、午後にならないと山は見えません」

松岡が言う。

「いずれにしろ、明日には見えてくるということですね」

伴がうなずく。

「明日も天気がよさそうだから、きっとよく見えるはずだ」

友五郎は言った。

「測量方が、明日には見えてくる、というようなぼんやりとした言い方をしてはいけません。これがもし戦争中の軍艦なら、半日も予定が狂ったら死活問題ですよ」

伴が困った顔をした。

「おっしゃることはわかりますが、初めての太平洋越えですからね……」

「初めてだから何だと言うのです？　初めてなら間違っても仕方がないと言いたいのですか？」

「いや、そういうわけではないのですが……」

「それに、今の言葉は、間違っているのがブルック殿ではなく、私のほうだということを前提としていますね？」

「いえいえ、決してそのようなことは……」

「太平洋越えは初めてと言いましたが、測量と計算はいつもやっていることです。どこでそれをやろうと、同じことでしょう」

伴はすっかりしどろもどろになっている。

「はあ……。おっしゃるとおりだと思いますが……」

伴に変わって松岡が言った。

「そう目くじらを立てるほどのことではないでしょう。目的地が近いのです」

「いや、だから、そういうことではないのです」

友五郎は言った。「測量方の矜持《きょうじ》の問題です」

松岡が苦笑する。

「いずれにしろ、明日の朝になればわかるのです。今ここで、あれこれ言っても仕方がないでしょう」

友五郎は、しげしげと松岡の顔を見つめた。

松岡が決まり悪そうに言った。

「どうしました？　私が何かおかしなことを言いましたか？」

「いや……」

友五郎は言った。「あなたの言うとおりだと思いましてね。私はいったい何をしていたのだろうと、反省をしていました」

伴、松岡、赤松の三人は互いに顔を見合わせていた。

友五郎は海に眼を転じて言った。

「計算を間違っているはずがない。今度もまた、我々の勝ちですよ」

翌日、夜が明けると、友五郎は甲板に出た。サンフランシスコの山が見えるかどうか確かめるためだ。

するとすでに甲板には大勢の人影があった。彼らも山を見るためにやってきたのだ。その中に、ブルックと万次郎の姿もあった。

友五郎は彼らに近づいた。

「おはようございます」

「やあ……」

万次郎が言った。「今日も天気がよさそうですね」

ブルックも英語で何事か言い、それを万次郎が訳した。

「もうじき見えてくるはずだと、ブルック氏は言っています」

「いや、午後にならないと見えないはずです」

友五郎は舳先のほうに眼をやった。船は東に向かっているので、朝日が正面に見えた。

しばらくすると、誰かの声が聞こえた。

「あ、本当に見えてきた」

マストに上っている者の声だった。当然ながら、船上の誰よりも早く陸地を見つけることができる。

「まさか……」

友五郎は、そう思って水平線に眼をこらした。

甲板の上はざわついている。マストの男の言葉を受けて、「どこだ、どこだ」と言い合っているのだ。やがて、その声も消え去り、甲板の上は静まりかえった。誰もが、船の進行方向を無言で見つめている。

「おお、山だ」

友五郎の近くにいた日本人士官が言った。

友五郎は思わず身を乗り出していた。

まだ、見えるはずがない……。

だが、その考えはあっさりと打ち砕かれた。友五郎の眼も、山の稜線を捉えたのだ。自分の眼で見たのだから、疑いようはない。

しばし呆然と、かすかに見えている青っぽい山の姿を見つめていた。

ブルックが勝ち誇ったように何か言った。万次郎がそれを友五郎に伝えた。

「あれは、間違いなくサンフランシスコの山です。どうです？　私が言ったとおり、朝に山を見ることができたでしょう」

友五郎はそれでも無言で、山を見つめていた。

さらにブルックが何か言い、万次郎が訳した。

「間違いを認めてください」

言い訳はできない。一目瞭然なのだ。

友五郎は言った。

「おっしゃるとおりです。私の天測か計算に誤りがあったということです」

悔しいという気持ちよりも、なぜだろうという疑問のほうがはるかに大きかった。

万次郎が言った。

「なんだ。あっさりと認めてしまうのですねと、言っています。ブルック氏は肩透かしを食らったような気分らしいですよ」

「どうして間違ったのか、それを検証しなければなりません。この時刻に山が見えているということは、船の速度からして、二十里ほど間違っていることになります」

その言葉を万次郎が伝えると、ブルックは言った。

「何にしてもいい気分ですね。あなたに勝つことができたのですから。こんなに名誉なことはありません」

万次郎からその訳を聞いても、友五郎は心ここにあらずだった。自分が測量か計算を間違ったということが許せないのだ。

「失礼します」

友五郎は言った。「部屋で検証してみます。でないと、また同じ間違いをするかもしれませんので……」

そして、友五郎は本当に船室に閉じこもり、何度も計算をやり直した。その結果、船の位置を知るための計算に間違いはなかった。

ならば、測量で誤差が出たか、船の速度のせいだろう。計算に誤りがないことで、友五郎は一安心した。

ノックの音がした。友五郎が返事をするとドアが開いて、万次郎が顔を覗かせた。

「よろしいですか？」

「ええ、どうぞ」

万次郎が船室に入り、ドアを閉めた。

「あなたが、気を落としているかもしれないので、様子を見てきてくれと、ブルック氏が言うもので……」

友五郎はぽかんと万次郎を見返した。

「気を落としている？　前回と違い、今度はあなたが負けたからです」

「なぜって……。なぜですか？」

「別に勝ち負けはどうでもいいことです。天測の結果が間違っていたら、問題だと思ったのです。間違いの理由に気づかなければ、航海に支障を来《きた》しますからね。ですから、検証が必要でした」

「本当に部屋でその検証をなさっていたということですか？」

「ええ、そうです」

万次郎は、肩の力を抜いた。

「なんだ……。てっきり私は、あなたが機嫌を損ねて部屋に閉じこもっておいでなのかと思いました」

「私は勝殿ではありません」

それを聞いて万次郎は笑った。

「いや、それを聞いて安心しました。すぐにブルック氏にも伝えましょう」

ブルックも万次郎も、そんな気づかいなど無用だと、友五郎は思った。だが、あえてそれを口に出す必要もない。

友五郎が黙っていると、万次郎が続けて言った。

「それで、誤差が出た原因はわかりましたか？」

友五郎はかぶりを振った。

「計算に間違いはありませんでした。おそらく、天測をしたときの値に狂いがあったのか、船の速度を見誤ったのか……」

「おそらく、速度でしょう。昨日の朝まで強い南西の風が吹いていましたから船足がかなり速まっていました」

「そうかもしれませんね」

友五郎は生返事だ。はっきりとした原因がわからないので、すっきりしないのだ。

「たまにあるのですよ」

万次郎の言葉が理解できず、友五郎は聞き返した。

「たまにある？」

「そうです。完璧な天測をしたつもりなのに、船の位置に誤差が出たり、目的の場所に到達する時間が狂ったり……。私は長いこと捕鯨船に乗って鯨を追っていました。海を相手にしている限り、人間にはどうしようもないことがあるのです」

友五郎は眉をひそめた。

「測量と計算を誤らない限り、船の居場所はわかるはずです」

万次郎が言った。

「いや、海では時に不可思議なことが起きるものです。人間にはどうしようもない……。それを覚えておかれることです」

「はあ……」

どうも、ぴんとこなかった。

海では不可思議なことが起きる。その言葉に対して疑いはない。経験豊富な万次郎が言うのだからそうなのだろう。

だが、天測に関しては納得ができない。完璧な天測をしたのに、誤差が出たりするはずがない。もし、誤差が出たのだとしたら、それは天測が誤っていたのだ。

万次郎が言った。

「では、これで失礼します。どうもお邪魔しました」

「いえ、かまいません。検証はすでに終えていましたので……。ブルック殿によろしくお伝えください」

「かしこまりました」

万次郎が船室を出て行くと、それを待っていたように、測量方の三人が訪ねてきた。

伴が友五郎に尋ねた。

「通弁の中浜殿は、何をしにやってきたのですか？」

「私が気を落としているのではないかと、ブルック殿が気づかっているというのです」

「それで、気を落とされているのですか？」

「まさか」

赤松が尋ねる。

「あの……。二十里の誤差の理由はわかりましたか？」

「わかりません。計算に間違いはありませんでした」

「では……」

赤松が表情を曇らせる。「私の測量が間違っていたのでしょうか……」

友五郎はふと考えてから言った。

「そんなことはないでしょう。海では時折、そういう不可思議なことが起きるそうです」

四

陸地が見えることの安心感というのは、他のことには喩えがたいと友五郎は思った。すでに山だけでなく、岸辺の様子が見て取れるようになっていた。

入港はもうすぐだ。

ブルックたちアメリカ人は人目もはばからずにはしゃいでいる。その様子は子供のようだと、友五郎は思った。

無理もない。ブルックたちは、半年も横浜に足止めを食らっていた。ようやく帰国できたのだ。

聞けば、ブルックは過去に二度、太平洋を横断している。今回が三度目なのだ。おそらく米海軍で最も、太平洋横断の日米航路に精通している人物だという。

咸臨丸が無事に太平洋を横断できたのは、実はブルックのおかげなのではないかと、友五郎は思っていた。

世界は広い。自分の知らないことが山ほどある。

今、咸臨丸はその未知の世界に向かって進んでいるのだ。

陸地が見えてからは、船の進みは速く感じられる。風景が刻々と変化するからだろうか。

木村摂津守が甲板に現れて、近づきつつある港の様子を見た。

「なんと頑強そうな港だ。建物が赤く見えるのは、煉瓦が多用されているからか……」

それにこたえたのは、従者の福沢諭吉だ。

「左様にございます。アメリカに限らず、西洋の建物は、日本のように紙や木でできているわけではございません。多くは石や煉瓦でできております」

友五郎は、その会話を聞いて側《そば》にいた測量方の連中に小声で言った。

「あの福沢というのは、西洋に通じているようですね。通弁の役にも立つのでしょうね」

それにこたえたのは、松岡だった。

「アメリカでは役に立たんでしょう」

友五郎は驚いて聞き返した。

「役に立たない？　どういうことです？」

「彼は、蘭学が専門でしたから、アメリカの言葉は得意ではないはずです。摂津の国の出で、大坂で蘭学を学んだそうです。江戸に出てから横浜を見物に来て、そこで話されている外国語がまったく理解できず、衝撃を受けたということです。横浜では英語が使われていましたからね」

友五郎はさらに驚いた。

「アメリカの言葉が得意でないのに、どうしてついてきたのです?」

「さあ、どうしてでしょうね。私にはわかりません。お奉行にうかがってみてはいかがです?」

「お奉行が選ばれた侍者なのだから、私がとやかく言うことではないが……」

友五郎は、木村摂津守のほうを見た。

すると、そこにブルックと万次郎がやってきた。木村摂津守に何事か話しかけている。やがて、木村摂津守が大きな声で言った。

「皆の者、白い衣装に着替えよ。その後に、甲板に整列する」

白い衣装……。いったい何事か。

友五郎が訝《いぶか》っていると、万次郎が大声で補足説明した。

「それが海軍の伝統です。儀式の際には、海軍士官および兵士は白い礼服を着ます」

それを聞いた伴が言った。

「白い衣装だって? 切腹でもするつもりかい」

「海軍の伝統だというのなら、それに倣いましょう」

友五郎は言った。「何か白っぽい着物ならいいのだと思います」

すでにアメリカ人たちは、白い制服に着替えていた。友五郎は船室に戻り、白い着物はないかと探してみた。

結局襦袢《じゅばん》しかない。それでは相手にかえって失礼ではないかと思った。だが、考えてみれば、アメリカ人が日本人の衣装についてそれほど知識があるとは思えない。甲板に整列するだけだから、近くから見られるわけでもないだろう。それでいくことにした。

咸臨丸がサンフランシスコ港に入港すると、アメリカ海軍の軍艦が、礼砲を撃って歓迎の意を表してくれた。

礼砲は二十一発だ。士官たちに交じって甲板に整列していた友五郎は、その大きな音に驚いた。

このときばかりは、勝麟太郎も甲板に出て来ている。その勝に、士官の一人が駆け寄って言った。

「答砲の許可をいただきたく存じます」

勝が渋い顔をした。

「ん？　返礼の砲か？　失敗すると恥になるから、控えろ」

「いや、それでは礼を欠くことになるのでは……」

「答砲に失敗するよりいいさ」

そのとき、運用方の佐々倉桐太郎《ささくらきりたろう》が言った。

「失敗するはずがありません。答砲すべきです」

佐々倉は、砲術方を兼務している。彼が言うのだから間違いはないだろう。

すると勝は言った。

「ふん、やりたければ勝手にやるがいいさ。成功したらこの首をくれてやるよ」

佐々倉は士官にすぐさま答砲を撃つように指示した。

勝はふてくされたようにそっぽを向いていた。

このとき、木村摂津守は口出ししなかった。年長の勝を立てたのだろうか。まあ、それも仕方のないことだと、友五郎は思った。

日本というのはそういう国だし、公儀はそういう組織だ。

咸臨丸の大砲が稼動しはじめる。そして、見事に答砲を撃った。

自艦から発砲すると、すさまじい音と衝撃がある。友五郎は思わず首をすくめていた。

もしかすると、勝麟太郎は、この轟音が嫌いなのではないかと、友五郎は思っていた。

友五郎は、サンフランシスコの港に降り立った。

長い航海の終わり。そして、初めての外国だ。

自分はどれくらい感動するだろうと、楽しみにしていたのだが、想像していたほどではなかった。

海外であれ国内であれ、港は港だった。

そして、感動するもなにも、港には大勢の人が集まっていて、まずそれに驚いてしまった。

日本人一行は大歓迎を受けたのだが、大衆はどうも興味本位のようだ。

そばにいた伴が興奮した面持ちで言った。

「いやあ、こんな歓迎を受けるとは思いませんでしたね」

「太平洋を隔てた国は、彼らから見れば辺境の地です。そこから来た我々が珍しいのでしょう」

「みんな洋装ですね」

「当たり前でしょう。あれが彼らにとっては普通の恰好なのです。彼らの眼には、我々の着物が、さぞかし珍妙に映っているはずです」

「はあ、そうでしょうね……」

やはり友五郎の側にいた松岡が言った。

「勝艦長がずいぶんと元気になられた。船の上とは大違いです」

見ると、勝麟太郎は、木村摂津守とともに最前列に立ち、喜色満面で何事か大声でわめいている。日本語ではないのでおそらく、覚えたばかりの英単語を並べているのだろうと、友五郎は思った。長崎伝習所でもそうだった。

彼は相手がオランダ人だろうがアメリカ人だろうが物怖じしない。それが彼の最大の長所であることは間違いなかった。

木村摂津守のそばには従者の福沢諭吉がいる。通弁を期待されてのことだろうが、彼が何かを話している様子はない。

新見豊前守外国奉行ら派米使節団を乗せたポーハタン号はまだ到着していない。どうやら咸臨丸がかなり早く入港したようだ。

彼らとは帰国するまで別行動ということになるだろう。

歓迎の式典の後、一行は船に戻った。船の乗組員は寄港しても陸ではなく船内に戻って生活する。

船室に戻った友五郎は、揺れていない船のありがたみを噛みしめていた。

思えば、よく嵐の日々を乗り切れたものだ。航海の大半が嵐だったような印象がある。

経験豊富なブルックの指揮と熟練したアメリカ人士官・水夫がいなければ、おそらく咸臨丸は今こうしてサンフランシスコの港にはいないだろう。

どこか太平洋の海の底にいるはずだ。

もちろん、アメリカ人たちだけの力で嵐の海を乗り切ったわけではない。たった三十七日の間に、日本人の士官と水夫たちも進歩した。

彼らには変革が必要だと、ブルックが言っていた。実際にその変革に尽力したのは、万次郎だった。

彼自身、捕鯨船に乗っていた経験があるので、船乗りたちには規律が必要であることをよく知っていた。ましてや、咸臨丸は軍艦だ。日本の士官や水夫は、航海が始まっても、従来の習慣を変えようとはせず、アメリカ海軍式の規律を身につけようとはしなかった。

その状況に果敢に戦いを挑んだのが万次郎だ。

当初、日本人のくせにアメリカ人と行動を共にしている万次郎は、同胞たちから冷たい眼で見られていた。

それでも、彼は熱心に士官たちに説明をし、水夫たちを説得した。最初は耳を貸さなかった日本人乗組員たちも、万次郎の船乗りとしての実力を目の当《ま》たりにして、言うことを聞かざるを得なくなった。

嵐の中では、ブルックや万次郎に頼るしかなかったのだ。

旅の後半では、日本人水夫たちも、すっかり操船に慣れ、ブルックたちをそこそこ満足させるに至ったのだ。

危機には変革が必要だ。

友五郎はそれを改めて思い知ったのだった。


咸臨丸の乗組員たちは、そのまま船に残っていたわけではなかった。修理が必要なため、咸臨丸が海軍造船所に回航されることになったのだ。

修理中は船内にいるわけにはいかない。総員上陸となった。

海軍造船所は、サンフランシスコ港の北端に位置するメーア島にあった。咸臨丸の乗組員たちは、そのメーア島海軍造船所に用意された宿舎に滞在することになった。

宿舎は三階建ての立派なもので、一階から三階まですべての部屋が日本人乗組員にあてがわれた。

友五郎の部屋は一階にあり、伴や松岡、赤松との相部屋だった。それで別に不都合はなかった。

「足の下が地面だというのは、こんなにありがたいものなのですね」

そう言ったのは、赤松だった。それに対して伴が言う。

「海軍士官が、情けないことを言うな。長崎伝習所出身の名が泣くぞ」

「もちろん、船での生活には慣れています。太平洋横断で自信もつきました。しかし、やっぱり陸はありがたいものです」

伴が友五郎に言った。

「船乗りは、そんなことを言うべきではないですよね」

友五郎はこたえた。

「船乗りだからこそ、陸のありがたみがわかるのです。陸に住んでいる人は、陸がありがたいなどとは思いません」

伴が鼻白んだ表情になった。

「はあ、たしかにそうですが……」

友五郎は言った。

「そんなことより、せっかく宿に着いたのだから、ひとつ風呂浴びたいですね」

伴が眉をひそめる。

「この国の風呂は、部屋についていると聞いたことがあります」

松岡が言った。

「日本式の風呂を一階に用意してくれるということです。風呂だけではなく、日本式の台所も作るようです。中浜さんがそう言ってました」

中浜さんというのは万次郎のことだ。赤松が松岡に訊いた。

「中浜さんもこの宿舎にいるのか？」

「当たり前だ。中浜さんだって咸臨丸の乗組員なんだ」

「彼のことだから、アメリカ人といっしょにいるのかと思ったよ」

「我々と別々なら通弁の役に立たんじゃないか」

「それもそうだな」

友五郎が松岡に尋ねた。

「日本式の風呂が用意されるのは、いったいいつのことなんでしょう？」

「今晩にはできると聞いていますが……」

「では、それまで待つとしますか」

そう言いながら室内を見回していた友五郎は、棚に硝子《ガラス》製の首の細い器があるのに気づいた。同じく硝子の茶碗のようなものもある。

友五郎はそれを指差して言った。

「あの器に入っているのは、水でしょうか」

「はあ。ギヤマンですな」

伴は、そう言うと器に近づいた。蓋を取って中身の臭いを嗅いだ。「水のようです」

その器といい、茶碗といい、日本ではお目にかかれないものだ。

友五郎は言った。

「水が安全とは限りません。その土地の人にとっては普通の飲み水でも、他の土地の人はあたることがあります」

「そうですね」

伴が言う。「安全かどうか、確かめてから飲んだほうがいいですね」

松岡が言った。

「中浜さんを探して、訊いてきます」

彼が部屋を出ていくと、入れ違いで、蒸気方の肥田浜五郎《ひだはまごろう》が部屋にやってきた。蒸気方とは機関を担当する係で、肥田はその責任者だ。

蒸気方と聞くと無骨な連中を想像するが、肥田は細面で端正な顔立ちをしている。年齢は松岡や赤松の十歳ほど上で、友五郎から見ると、十三歳年下だ。

「小野さん」

肥田は言った。「せっかくこうして時間ができたのだから、造船所を見学させてもらおうと思っております。小野さんにご同行いただければ、まことにありがたいのですが……」

友五郎はこたえた。

「見学が叶うならば、願ってもないことです。ぜひ、ご一緒しましょう」

肥田がうなずいた。

「ありがとうございます。では、中浜さんを通じて、造船所側と交渉してみます」

「お願いします」

そこに松岡が戻ってきて告げた。

「水は煮沸してあるので、だいじょうぶだということです」

それを聞いた友五郎は、硝子の茶碗に注いだ水をごくごくと飲んだ。


話はとんとん拍子に進んだと言う。造船所の責任者は、好きなところを好きなだけ見てくれと言ったそうだ。

日本人に隠すことなど何もないと考えたのだろう。それは友好の証しなどではないと、友五郎は考えた。

何を見せても、日本人はアメリカの進んだ技術にただ驚くだけで、とうてい真似などできるはずがない。そう思っているに違いないのだ。

ほとんどのアメリカ人にとって、辺境の地から来た奇妙な恰好をした人々は、非文明人でしかないのだ。

宿舎に到着した翌日から、さっそく見学を始めた。最初は、集団で造船所の中を案内された。集団の中には、友五郎も肥田浜五郎もいる。

案内の技術者の話を、万次郎が訳してくれる。

友五郎の第一印象は、「でかい」ということだった。作業場も広大だし、機械そのものが大きく骨太な感じがした。

日本とは尺度が違う。そんな印象だ。日本で使われている寸という単位もアメリカのインチもそう違いはない。だから、尺度が違うというのはおかしな話だが、実際にそう感じる。

アメリカ人と日本人は体の大きさが違う。そして、暮らしてきた気候風土も違うし、生活様式も違う。そういう諸々の違いがこの大きさの差を生むのだろう。

たしかにその巨大さには圧倒される。

案内役のアメリカ人は、「どうだ、驚いただろう」という顔で、自慢げに施設内の説明をしている。

友五郎は、仔細に機械の運用の仕方や、作業員たちの動きを観察した。

そこに肥田が近づいてきた。

「小野さん、どう思われます？」

「大きいですね」

「はい」

「そして、金がかかっています」

「ええ」

「しかし……」

「しかし？」

「技術そのものはどうということはありません。我々にとっては、この程度のことは造作もありません」

それは負け惜しみでも何でもない。掛け値なしの本心だった。

肥田が力強くうなずいた。

五

いやはや、この空の青さはどうだろう。

友五郎は、目を覚まし宿舎の外に出ると、空を仰ぎ見た。咸臨丸はほとんどが荒天の中だった。だが、サンフランシスコに着いてみれば、あきれるほどの晴天だ。

メーア島では、上級士官には、一般の士官や乗組員とは別に、瀟洒《しょうしゃ》な屋敷があてがわれていた。その建物は、ヴィクトリア様式と言うらしい。

宿舎の日本式の風呂は毎日使用でき、日本式の台所も完成した。

郷に入れば郷に従えで、風呂も食事もアメリカ風でいいのではないかと思ったものの、やはり脂っこい洋食が続くことを考えると、ちょっとうんざりする。

咸臨丸の修理が終わるまで、一ヵ月ほどかかるという。やはり日本風の食事ができるのはありがたい。

メーア島海軍造船所に一ヵ月も滞在できるというのは、友五郎にとってはまたとない機会だった。アメリカの造船技術について、できるだけ多くのことを確認したかった。

すでに造船所を見て回ったが、詳細について理解できたわけではない。さらに、細部を見学する必要があった。

造船所見学の後、友五郎は、蒸気方の肥田とこんな会話をしていた。

「概略は見て取れましたが、まだまだ確認しなければならないことがあります」

友五郎が言うと、肥田はうなずいた。

「そうですね。私は、機関のことをもっと知りたいです」

「では、手分けをして回るとしましょう。それぞれ専門の者を連れて行きましょう」

「さっそくそのように、アメリカ海軍に申し入れましょう」

その要求は、まず木村摂津守の従者である福沢諭吉に伝えられた。アメリカ海軍に対する正式な申し入れができるのは、軍艦奉行、つまり戦隊司令官の木村摂津守だけだ。

友五郎の話を聞くと、福沢諭吉はあきれたような顔をした。

「造船所なら、もう見学したじゃないですか」

「まだ充分とは言えません。いろいろと確かめたいことがあります」

「確かめたいこと？　そういう場合は、学びたいことって言うんじゃないのですか？」

福沢はまだ二十代だ。目上の者に対して言う言葉ではないかもしれない。だが、友五郎は気にしなかった。今の言葉は重要な要素を含んでいると思った。つまり、日本の技術力に対する誤解だ。

「いいえ。すでに我々は学んでおります。それをどう実践するかが大切なのです。その方策を確かめたいのです」

「ふうん……。お奉行は、明日はホテルでの晩餐会に招かれているそうです。私も同席することになっています」

木村摂津守や勝麟太郎は立場上、アメリカ海軍や政府の人々と会合を持つ。従者の福沢諭吉もそれに同席している。どうやら、福沢はそういう華やかな集まりが好きなようだ。

友五郎は言った。

「それはいい機会ですので、ぜひその折に軍関係者への申し入れをお願いしたいです」

「やれやれ、せっかくのアメリカ滞在ですよ。もっと、楽しんだらいかがですか？」

友五郎は首を傾げた。

「さて、造船所をつぶさに調べること以上に楽しいことは思いつきません」

「サンフランシスコの町にでも出て、より多くのことをご覧になるのがいいと思いますがねえ」

「広く浅く見て回るのは、私の役目ではありません。何か確実なことを身につけて帰ろうと思います」

「へえ……。こんな機会はもう二度とないかもしれないのに……」

「だからこそですよ」

「わかりました。お奉行に伝えましょう」

「お願いします」

去っていく福沢の背中を見送りながら、友五郎は思った。

あの若者は、自分とは立場が違う。多くの事を見聞すること。それが彼の目的なのかもしれない。

彼は桂川《かつらがわ》家に出入りしていたという。桂川家は唯一蘭方を認められた公儀奥医師だ。その桂川家が木村摂津守と親しく、その伝手《つて》で従者として咸臨丸に乗り組んだ。

士官や水夫たちの話を総合すると、そういうことのようだ。

蘭学はかなり身につけているが、英語はまだまだだという話だ。いずれにしろ、彼はまだ若い。これから多くのことを学んでいくのだろう。

一方、友五郎は学んだことを実践していくべき立場なのだ。その立場の違いは埋めようがないと思った。

思ったよりも早く返事が来た。

友五郎が福沢に話した翌日には、見学の許可が下りたという返事をもらった。

福沢は言った。

「二つ返事でしたよ。アメリカさんは、自分たちの技術を自慢したくて仕方がないようですね」

「我々が同等の技術を持っているということを、向こうは知らないのです」

福沢が怪訝そうな顔をした。

「同等の技術……？」

「そうです。造船についての知識や技術は、アメリカに負けてはいないと思います」

「では、どうして日本は、自力で蒸気軍艦を造れないのですか？」

「これからです。私は、日本に戻ったらすぐにその活動を始めようと考えています」

「ほう。それはいい。実にいいと思います」

福沢は本気で本当にそう思っているだろうか。友五郎はそんなことを思っていた。

友五郎は本気だった。

長崎伝習所で学んだのはオランダの造船技術だが、それはアメリカのそれと大きな違いはない。

アメリカにやってきて、煉瓦造りの大きな建物などには圧倒された。しかし、今滞在しているような木造の建物になると、日本のものに比べて幾分か造りが雑な感じがする。

船の重要な部分には木工の技術が多用されている。日本人に船が造れないはずがないと、友五郎は思う。そのためには、アメリカの造船所で具体的にどんな作業が行われているのか、つぶさに観察する必要があった。

翌日もよく晴れていた。

友五郎は、造船所の見学に出かけた。同行するのは、赤松、職方の鈴木長吉《すずきちょうきち》など四人だった。それに通弁の万次郎が付いた。

一方、肥田たち蒸気方も別の場所を見学に出かけた。彼らは、メーア島の造機設備とサンフランシスコ市内のヴァルカン鉄工所を訪ねた。

造船所にやってきた友五郎たちに、新聞記者たちがつきまとった。彼らは、友五郎たちが何をするのか興味津々の様子だ。

案内の係員が万次郎を通じて言った。

「先日の見学だけでは理解できませんでしたか」

彼は完全に友五郎たちを下に見ている。日本人にはとうてい自分たちの技術は理解できないだろうと考えているのだ。

友五郎はこたえた。

「そうですね。ちゃんと理解するためには、さらに学ばせていただかなければならないでしょうね」

アメリカ人は満足げにうなずいた。

すると赤松が友五郎に言った。

「彼らの造船所でやっていることは、すでにほとんどわかっているんですよね」

「わかっています。しかし、彼らには経験があり、我々にはありません。その経験による技を見て取らなければなりません」

「わかりました」

二人の会話を聞いて、万次郎が言った。

「今のは、通弁しなくていいですね？」

友五郎は、ほほえんだ。


まず彼らは、原寸工場にやってきて、その作業をつぶさに観察した。原寸というのは、設計図をもとに、実際に溶接をした際のゆがみや縮み、あるいは切断のための余白などを考慮して、実際の部材と同じ大きさの図面を床面に書いていく作業だ。複雑な作業ではないが、歪みや縮みを予測するためには、経験が必要だ。友五郎は作業員のすぐ近くまで行き、図面を見つめた。

そして、気がついたことをどんどん記録していった。

また、丸鋸《まるのこぎり》や細鋸による製材工場にも行ってみた。こうした鋸は、日本ではまだそれほど普及していない。だが、それを操る技術自体は、それほど優れているとは思えない。日本人ならもっとうまくやれるのではないかと、友五郎は思っていた。

肥田たちは、鋳造工場、蒸気鎚《つい》、平削盤《ひらけずりばん》などを見学した。特に、肥田は蒸気方なので、汽罐《きかん》製造用の鋲《びょう》打ち機、ボール盤、鉄板切断機などをつぶさに観察したということだ。

友五郎と肥田たちは、それらの成果を宿舎に持ち帰り、夜更けまでいろいろと検討し合った。

「思ったとおり、我々にとってそれほど問題になることはありませんね」

友五郎が言うと、肥田はうなずいた。

「汽罐も造ることができると思います」

「もし、それが可能なら、いよいよ日本も自前の軍艦が持てます」

これまで日本は蒸気機関の軍艦を海外から買うしかなかった。咸臨丸もオランダから買った船だ。

もっとも、すでに帆船の軍艦は造っていた。豆《ず》州君沢《きみさわ》郡戸田《へだ》村で、ロシア人の指導の下に二本マストのスクーナー艦を建造した。これは「君沢形」と呼ばれ、「ヘダ号」と名付けられた。また、箱館《はこだて》奉行所で、同じくスクーナー艦の「箱館形」が造られた。

長崎伝習所では、造船学の実践として、オランダ人教師の指導により、小型のカッター艦「長崎形」も造られていた。

だが、まだ蒸気機関を持つ本格的な軍艦は造ったことがない。友五郎が言ったのはそういう意味だ。

二人の会話を聞いていた周囲の者たちは眼を輝かせた。

肥田がしみじみと言う。

「造船所をつぶさに見学できるとは、あの嵐の海を乗り越えた甲斐がありましたね」

友五郎は言った。

「もっとも、咸臨丸が沈まなかったのは、アメリカ人たちのおかげですけどね」

「まあ、それはそうかもしれませんが……」

「それと、中浜さんのおかげです」

その場にいた万次郎は、驚いた顔で言った。

「私のおかげ……？」

「そうです」

友五郎はうなずいた。「中浜さんがアメリカ人との間に立って、日本の士官や水夫たちを説得してくれなければ、咸臨丸は沈んでいたかもしれません」

「まあ、私も船に沈んでほしくはないですからね……」

肥田が言った。

「自国で軍艦が造れるようになれば、人材も育成できるでしょう」

友五郎は言った。

「そのためには、このメーア島でやらなければならないことがたくさんあります」

肥田が言う。

「やりましょう。徹底的に」

それから数日後、友五郎たちはサンフランシスコ市内に出るために、湾内交通用のクリソポリス号という汽艇に乗った。この船は、蒸気機関を中央に置いた外輪船だ。

友五郎は、移動の途中も一時も無駄にはしなかった。

同乗している肥田に言った。

「この艇の長さは二十間くらいですね。平底で喫水が浅い。江戸湾向きではありませんか?」

「たしかに……。使えそうですね」

「では、さっそく手分けして見取り図を作り、採寸をしましょう」

その友五郎の言葉どおりに、同行していた士官たちはいっせいに動きはじめた。ほとんどの者が長崎伝習所で造船について学んでいたので、やるべきことは心得ている。

船の見取り図を作ると、そこにさまざまな寸法を書き込んでいった。特に、木製部分については詳しく調べた。

船を下りてサンフランシスコの町に着いてしまえば、友五郎の興味を引くものはあまりなかった。

他の者たちは、何を見ても珍しいので、興味津々の様子だ。伴や松岡も、通りに並ぶ店の構えや、行き交う人々の姿を眼で追っている。

突然、伴が声を上げた。目を丸くして何かを見ている。何事だろうと、友五郎もそちらを見た。

馬に引かれたものが移動してきた。それは友五郎も見たことのないものだった。

伴が言った。

「あれはいったい何でしょう？」

それにこたえたのは万次郎だった。

「キャリッジと言います。日本語に直すと、馬車ですかね」

伴がそれを見ながら言う。

「馬車……。京のお公家はむかし牛車《ぎっしゃ》に乗ったと言うが……」

「アメリカでは、馬はとても身近な交通手段です。したがって、馬車も一般的です」

「へえ……。日本では馬についての御法度《ごはっと》があるからなあ」

伴が言ったのは本当のことだ。公儀は馬の使用や馬車について、厳しく制限していた。馬は昔から侍のものであり、また戦略上馬車の使用は禁止されていたのだ。

万次郎が言った。

「馬車は便利です。アメリカは広いですからね。それに砂漠のように気候が厳しい土地も多い。日本のように歩いて旅をするのが難しいのです。馬車によっていろいろな物資を運搬することができますしね」

「そりゃあ便利だ」

伴が言った。「お上《かみ》も、妙な御法度は止《や》めにすればいいんだ」

「そうですね」

松岡が言った。「江戸の町では、車といえば大八車《だいはちぐるま》くらいしか見かけませんからね」

万次郎が友五郎に尋ねた。

「小野殿はどう思われます？」

「馬車ですか？　そりゃあ便利だと思いますよ」

正直に言って、どうでもよかった。今の友五郎は軍艦を造ることで頭がいっぱいだった。船以外のことには興味がない。

伴が言った。

「便利なものは日本でも使えばいい。帰ったら、幕府にそう進言しましょう」

それを聞いて、友五郎は言った。

「進言しても無視されるでしょう。お上が馬や馬車を制限するのは、大名たちから江戸が攻められないようにするための戦略です。そう簡単に変えるわけにはいきません」

「いや、それでは日本はどんどん遅れてしまう」

それに対して、友五郎は言った。

「それに、車を使わないというのは、日本の気候風土に合っているのだと思います」

伴は怪訝そうな顔をした。

「それはどういうことですか？」

「雨が多いでしょう。道がぬかるんで、車だと深く轍《わだち》ができてしまいます。その点、駕籠《かご》ならそういうことはありません」

伴が言った。

「だから、この町のように石畳にすればいいんじゃないですか？」

「道を石などでふさがないのが、日本の知恵なのではないでしょうか。風土を損なうようなことをしないのです。道を石畳で覆えば、地面に吸われるはずの水が行き所をなくして流れ出します。それが災害につながることもあります」

「はあ……」

伴は感心したように友五郎を見た。「小野さんにそう言われると、そんな気がしてくるから不思議です」

万次郎が言った。

「異国の文化に眼を奪われることなく、自国の文化を誇りに思う。そんな小野殿は立派だと思います」

伴が深くうなずく。

「そうそう。私なんぞは、つい珍しいものに惹かれてしまいます。馬車もそうだし、人々が着ている洋服もそうです。小野さんは、異国の文化に心惹かれたりはしないのですか？」

友五郎はこたえた。

「異国と言いますが、どんな国の人だって、やっていることは同じでしょう。朝起きて、食事をして、仕事をして、時には酒など飲んで、眠るのです」

「いや……。ですから、その食べるものや飲むものが違うわけですから……。着ているものも違います。住んでいる建物も違うじゃないですか」

「でも、食べたり飲んだりすることは同じです。余計なものを取り去っていけば、芯に残るものは同じです」

「それは、どうも私とは違ったものの見方ですなあ……。いや、小野さんはやはり変わっておられる」

「算術家ですからね」

「私は異国の食べ物や着るものに興味があります。その差異を余計なものとして切り捨てることはできない」

「もちろん私も、異国の文化は面白いと思います。だから、足し算すればいいんです」

「足し算ですか？」

「そう。おしなべてこの世は足し算です。異国の文化が面白ければ、それを取り入ればいい。そのときに、日本古来の文化を切り捨てる必要はないのです」

「はあ……。足し算ですか……」

伴とはそんな話をしたものの、友五郎だってアメリカの街並みには興味があった。英語で書かれた看板にも、何かしらの感慨を抱く。

日本の一行が特に興味を持ったのが、写真館だったが、友五郎も例外ではなかった。写真という新しい技術に驚き、心惹かれた。

彼らが訪れたのは、ウィリアム・シューという名の写真屋のスタジオだった。このスタジオは白い貨車だった。

貨車の形をしているのではない。本物の貨車なのだ。アルタ・カリフォルニアという新聞社の脇に設置されている。

何かあれば、すぐに汽車で写真を撮りに行くために貨車をスタジオにしたのだという。この合理主義には、友五郎も驚いた。

このスタジオでは、勝麟太郎や福沢諭吉をはじめとする多くの者たちが肖像写真を撮った。福沢などは、ウィリアム・シューの十二歳の娘といっしょに写真を撮り、はしゃいでいた。

何がそんなに楽しいのだろう。友五郎は不思議な思いでその姿を眺めていた。

六

宿舎に戻ると、その福沢が友五郎のところにやってきて言った。

「どうです？　造船所のほうの成果は上がりましたか？」

「できる限りのことをやっています。成果については、国に帰って、実際に軍艦を造ってみたときにわかるでしょう」

「私はおおいに刺激を受けました。アメリカというのはすごい国です。何もかもが日本とは違っている」

「日本と違っているからすごいとは、私は思いませんが……」

「まあ、聞いてください。ゴミ捨て場がすごい」

「は……？」

「例えばですね、江戸で火事が起きたら、釘拾いがウヤウヤと出て来ます。ところが、アメリカでは、鉄がゴミとして捨ててあるのです。これには驚きましたね。鉄の生産力が違うのです」

「ものを大切にするのはいいことです。せっかく作った鉄をゴミとして捨てるのは、おおいなる無駄ではないですか」

福沢には友五郎のその言葉が届いていないようだった。

「それにですね、ホテルで晩餐会に招かれたときのことです。床に絨毯《じゆうたん》が敷きつめてあるんですよ。江戸では、よほどの金持ちが小さく切ったものを紙入れにしたり、煙草入れにしたりするような生地を床に敷いて、その上を土足で歩くのです。いやあ、この贅沢さには本当に驚かされます」

「日本人は大切な織物を土足で踏みにじったりはしないのですよ」

「私は、ふと思いついて、ある人に尋ねてみたんです。ワシントンの子孫はどうしているのかと……」

「ワシントン？」

「初代のアメリカ大統領ですよ。大統領ってのは、将軍様のようなものでしょう。だから、当然その子孫は大切にされていると思うじゃないですか。ところが、その人の言うには、こうですよ。ワシントンの子孫には、たしか女性がいるはずだ。今どうしているか知らないが、誰かの内室になっている様子だ……。まるっきり関心がないんです。どうです？　驚いた話じゃないですか」

「なるほど……」

「共和制というのはたいしたものです。大統領が四年ごとに入れ札で替わるというのも、我々からすれば夢のような話ではないですか」

「私は笠間牧野家の家臣ですので、あまりそういうことを考えたことがありません」

福沢は軍艦奉行の従者だ。給金は木村摂津守からもらっているかもしれないが、元を正せば公儀の金だ。つまり、公儀に雇われているも同然なのだ。

なのに、福沢には公儀に対する忠誠心はあまりないらしい。若さの故だろうかと、友五郎は思う。

いや、年齢と忠誠心はあまり関係ないかもしれない。

咸臨丸の乗組員の中には、福沢以外にもあまり公儀への忠誠心を感じられない人物がいた。

勝麟太郎だ。船の上では、まったく影が薄かったが、サンフランシスコに上陸してからは、別人のように元気だった。いくつかの英単語を覚えると、さっそくそれを大声で連発して悦に入っていた。

たしかに、勝の意思疎通の能力はずば抜けている。長崎の海軍伝習所でもそうだった。言葉が通じようが通じまいが、大声でまくしたてる。それはなかなか効果的なのだ。

伝習所では、相手はオランダ人教師だったが、今回はアメリカ海軍の士官や政府の職員だ。

その会話を聞いていると、時折オランダ語も飛び出す。それでも、なんとか会話が成り立っているようだから驚く。

サンフランシスコに到着して以来、木村摂津守よりも勝麟太郎のほうがずっと目立っていた。どちらが軍艦奉行かわからないほどだ。

木村摂津守が勝よりも若いせいもあるが、何よりその振る舞いの違いがあった。福沢と同様に、勝もすっかりアメリカにかぶれている様子だった。だが、二人の間には、微妙な差異があるように、友五郎には感じられた。

福沢は、異文化に触れて舞い上がっているのだ。アメリカの文化を盲信しているかのようだ。

一方で、勝はそれほど子供ではない。彼は常に、自分を演出することを考えているように見える。別な言い方をすれば、自分をより大きく見せるための舞台を心得ているのだ。

船の上では自分を活かすことはできない。だからずっと船室に籠《こ》もっていたのだ。そして、サンフランシスコでの華やかな式典や食事会こそが、彼の独壇場なのだ。

日本国内では今のところ、自分の出番はない。こうして、アメリカに来たことで、自分の立場を活かすことができるようになるのではないか。

おそらく勝はそう考えているのだ。彼も、算術家の友五郎とは違った意味で計算をするのだ。

友五郎と肥田は日々、持ち帰った図面や採寸した数字などを前に、あれこれと話し合った。

その側には、伴、松岡、赤松といった測量方や、肥田をはじめとする、岡田井蔵《おかだせいぞう》、山本金次郎《やまもときんじろう》、小杉雅之進《こすぎまさのしん》といった蒸気方の面々の姿もあった。

ある日の夕刻、いつものように肥田たちと図面の検討をしていた友五郎は、ふと焦げ臭いのに気づいた。

「何か燃えていませんか？」

友五郎が言うと、赤松が外の様子を見にいった。

すぐさま戻って来ると、彼は告げた。

「火事です」

伴が聞き返す。

「火事？　どこが燃えている？」

「一階の台所です」

その場にいた全員が部屋の出入り口に向かって走った。外に出ると、もうもうと煙が立ち上っている。

台所に駆けつけると、そこで右往左往している男がいた。福沢だった。

彼は友五郎を見ると言った。

「ああ、小野殿。油に火がつきました」

「油?」

「てんぷらを揚げようと思いまして……。油に火が移ったので、急いで水をかけたらさらに燃え上がったのです」

「水はいけない」

友五郎は言った。「このあたりは砂がいくらでもあるので、砂をかけてください」

その言葉を受けて、測量方と蒸気方の面々が地面から砂をすくい、燃えている鍋の油やその周辺にそれをかけていく。

柱に燃え移った火は、羽織りを脱いで叩き、消した。

やがて火は消え、宿舎に延焼するなどの大事には至らずに済んだ。焼いたのは、台所のごく一部にとどまった。

途中から、アメリカ人たちも消火作業に加わった。海軍の兵士たちだ。友五郎たちは、煤《すす》と砂埃にまみれていた。

測量方や蒸気方は、ぐったりとしている。鎮火して安堵し、力が抜けたのだろう。

火を出した福沢は、さぞかし意気消沈しているだろうと思ったら、そうではなかった。彼は、いつもと変わらない様子で言った。

「やあ、さすがに蒸気方は火の扱いに慣れていますね」

肥田がむっとした顔で言った。

「油の火事に水をかけるなんて、非常識きわまりない」

「いやあ、小野殿に教わるまで、砂をかけることなど、考えもしませんでした。いやはや、台所がすっかり砂まみれですな」

肥田が言う。

「あなたが火を出したのだから、あなたが片づけなさい」

「それはできませんね。私は軍艦奉行の従者です。立場というものがあります」

友五郎はあきれた思いで言った。

「どんな立場であろうと、責任を取ることが大切でしょう」

福沢が言った。

「過ちは誰にでもあります。そうでしょう」

この若者に責任の話をしても無理なのではないか……。友五郎はそんなことを思いながら、尋ねた。

「てんぷらですって？」

福沢が笑顔になった。

「そうなんです。どうしてもてんぷらが食べたくてですね。お奉行に申し上げたら、お奉行も召し上がりたいとおっしゃるんです。日本とはずいぶん違うけど、このあたりにもいい白身の魚があるので、揚げてみようと……。皆さんにもおすそわけするつもりだったんです」

友五郎は言った。

「とにかく、後片付けを始めてください」

「いや、ですから、それは……」

「それから、宿舎で出火となれば、厳しい沙汰があるかもしれません」

「え……？」

福沢は驚いた顔になった。

「驚くことはありません。当然でしょう。ここは海軍の施設です。どこの国も軍規は厳しいものです」

「いやあ、アメリカは先進の民主国家ですから、事情を話せば理解してくれるはずです」

友五郎はかぶりを振った。

「黒船をお忘れですか。アメリカは軍の力にものを言わせる国です。紛れもなく、軍事国家なのです。そして、西洋諸国の合理主義の前に、日本独特の温情などは通用しません」

さすがに、福沢は顔色が悪くなってきた。彼は言った。

「こ、これは、さっそくお奉行に相談しなければ……。失礼します」

彼は、ヴィクトリア様式の建物に向かって駆けだした。

伴が不安そうな顔で尋ねた。

「本当に厳しい沙汰が下るのでしょうか」

それを聞いて、友五郎は笑いをこらえることができなくなった。

「まあ、厳しく注意くらいはされるでしょうね。我々はアメリカ軍の兵士ではありませんから、彼らの軍規は及びませんよ」

伴がほっとした顔になる。

友五郎の言葉を聞いて、肥田が言った。

「なるほど、福沢には薬が必要でしょうからね」

友五郎はうなずいた。

「よく効く薬だったと思います」

結局、台所の片づけをしたのは、アメリカの兵士たちだった。さらに彼らは、手際よく修理を始め、翌日には台所が復旧していた。

その作業の様子を眺めていたらしい伴が、部屋に戻ってきて言った。

「兵士たちのてきぱきとした動きには、感服しました。彼らは上官の許しがない限りは、決して作業を止めようとはしません」

友五郎は言った。

「それが軍というものです」

「日本の海軍も学ばなければなりませんね」

友五郎はほほえんで言った。

「これは中浜さんが教えてくれたのですがね……」

「は……？」

「われわれ日本人の所作について、アメリカの新聞が絶賛していたそうです。折り目正しく堂々とした所作は感服に値する。さすがは武士だ、と」

「はあ、なるほど……」

「つまり、互いに感心し合っているということです。引け目を感じる必要などないのです」

伴は考え込んだ。

その翌日のことだ。福沢がまた友五郎のいる部屋を訪ねてきた。

「いや、いろいろとご心配をおかけしましたが、思ったほど厳しい沙汰はありませんでした」

「ほう」

「海軍の人たちからいきさつを訊かれましてね……。正直にこたえたら、以後、くれぐれも気をつけるようにと言われました」

「そうですか」

どうやら、単に報告に来たわけではなく、友五郎に脅されたのだと知り、当てこすりに来たようだ。

だが、そんなものの相手をするのはごめんだった。友五郎は続けて言った。

「お話は承《うけたまわ》りました」

話はもう終わったという意味だ。福沢は、それを察したのかどうかわからないが、手持ち無沙汰な様子で立っていた。

ふと、彼はテーブルの上に広げていた図面を見て言った。

「やあ、ずいぶんと熱心ですね」

「我々に与えられた時間は短いのです。精一杯やらなければなりません」

「しかし、どうでしょう……」

「どうでしょう、とは？」

「にわか勉強で軍艦が造れるものですかね。オランダもイギリスもアメリカも、おそらく何度もトライ・アンド・エラー、つまり試行錯誤を繰り返した結果、今の技術があるのでしょう。しかも、彼らは産業革命を経験しているのです」

「先日も申したとおり、我々は、長崎海軍伝習所で造船についてしっかりと学びました。決してにわか勉強などではありません。当然、我々も今後試行錯誤をすることになると思います。しかし、日本人にできないはずがないのです」

「どうでしょう。基本的な技術力の差があるでしょう」

友五郎はきっぱりと首を横に振った。

「技術力に差などありません。鉄の生産などにおいては、施設の問題や職人たちの慣れの問題はあるかもしれません。しかし、日本人の技術は決してアメリカ人に劣っているわけではありません」

「そうですかね」

「特に木工の分野では、日本のほうがすぐれていると思います。日本の大工の技術は、世界のどこにも引けを取りません」

福沢は、むずかしい顔をして言った。

「なるほど、おっしゃることにも、一理あると存じますが……」

彼の複雑な表情を見て、友五郎は不思議に思った。

アメリカ人と比べて劣っているわけではないと聞いて、日本人なら嬉しそうな顔をするのが普通なのではないか。

おそらく福沢にとっては、日本の文化は劣っているもの、アメリカやヨーロッパの文化が進んでいるものという考え方が都合がいいのだろう。

蘭学を学び、さらにアメリカに渡航するという経験を、今後日本で活かすためにも、そういう風潮が、彼には必要なのだ。

彼は学問で身を立てようとしているようだ。そうなると、日本の既存の学問ではなかなか難しい。まだ日本では誰も知らないような海外の学問が、彼にとって重要なのだ。

そのために彼は、アメリカで書物を買い込んでいるようだ。人からそういう話を聞いていた友五郎は尋ねた。

「サンフランシスコの町で書物をずいぶんと買われているそうですね」

福沢は笑顔でうなずいた。

「ええ。アメリカに来る機会は滅多にありませんからね」

「高価な書物もあるでしょう」

「日本では決して手に入らないような書物もあります。私は英語を勉強しておりますので、書物の価値がわかるのです」

福沢は得意そうだ。

「その高価なものをたくさん買われているのですね？」

「いずれも、値段以上の価値があるものです。それを持ち帰ることは、日本国の将来のためになるのです」

「ご公儀のものになるのですか？」

「いや、私の私物です」

「その代金は、どこから出ているのでしょう？」

ふと福沢の表情が曇った。

「私も渡航するに当たり、それなりの準備はしております」

「なるほど、では、その書物の代金は全てご自身の持ち金で支払われたということなのですね？」

福沢の表情がさらに硬くなった。

友五郎は無言で返答を待った。

七

突然、福沢は笑い出した。

やがて福沢が言った。

「小野さんは、細かなことを気になさるんですね」

「誰が高い買い物の代金を払うか、という話が細かなことでしょうか」

「いかにも。今や、全日本国民が力を合わせて学ばねばならない時代です。アメリカで入手する書物は、値千金です。できるだけ多くの有用な書物を持ち帰ることが、私の使命だと思っています。誰が金を払うかは、大きな問題ではないでしょう」

「その書物は私物だと、あなたは言われた。私物にもし、公《おおやけ》の金が使われているとしたら、大きな問題です」

福沢は、きっぱりと言った。

「公の金など使っていません」

「お奉行にお金を出してもらっているのではないですか？」

「そりゃあ、まあ、多少は……」

「お奉行のお金となれば、それは公の金ということだと思いますが」

「ですから、それは小さなことです。誰が金を出すかは大きな問題ではないと申し上げているのです。少しでも多くの書物を持ち帰ることが、日本のためなのです」

言いたいことはまだまだあるが、友五郎は追及をやめることにした。

「たしかに、私は小さなことを気にする質《たち》かもしれません。しかし、大事の前の小事という言葉もあります。金は出るべきところから出なければならないと思います」

福沢は苦笑した。

「この世には金で買えないものもあると存じますが、いかがでしょう」

そういうことではないだろう。友五郎はそう思いながら言った。

「申し訳ありませんが、調べ物を続けなければなりません」

「あ、これは申し訳ないことをいたしました。お邪魔をするつもりではなかったのです。では、私はこれで失礼します」

福沢が出ていくと、入れ替わりで松岡がやってきて言った。

「今のは、福沢さんですか?」

「そうです」

「何の用だったんです?」

「火事を出したことの処分について、報告しに来たんです。たいしたおとがめはなかったようです」

「てんぷらを揚げようとして火事を出すなんて、とんでもないやつです。ずいぶんな腕白ですね」

いかにも松岡らしい言い方だと、友五郎は思った。

松岡がさらに続けて言う。

「あれで、蘭学ではたいしたものだというのですが、本当でしょうか」

蘭学に関しては、友五郎も少々自信がある。公儀天文方に出仕しているときに、スワルトの航海術書を何人かで解読した。

この書物は、当時の航海術の国際的な基盤と言われていた。きわめて実用的だが、難解だ。

大洋における推測航法、天文航法、それらを理解するために必要な算術、天文学、そして、経緯度算出法、時刻算出法などを網羅していた。

ただ蘭語ができるだけではだめだ。算術や測量に通じていなければとても理解はできなかった。

友五郎たちは、スワルトを翻訳し、『渡海新編《とかいしんぺん》』という四巻の書にまとめて公儀に献上した。

松岡もそのことは知っているはずだった。その松岡がさらに言った。

「お奉行は、人のいないところでは、福沢のことを先生と呼んでいるようです」

それを聞いて、友五郎は驚いた。

「お奉行が、福沢君を？」

「はい」

摂津守が一目置いているということだろうか。ならば、少しは見直さなければならないかもしれない。

友五郎はそんなことを思っていた。


造船所やそれに附属する施設をつぶさに観察し、その記録を取り、さらにその記録を精査する。その作業に没頭していると、一ヵ月は、あっという間に過ぎた。

この間、ポーハタン号の使節団は、メーア島にやってきたりサンフランシスコに滞在したりしていたが、三月十七日にパナマに向けて出発した。

当初、咸臨丸も護衛でパナマへ向かう予定だったが、修理が長引き、この時点でお役御免となった。

友五郎たちは、ポーハタン号が閏三月四日に、無事パナマに着いたという知らせを受けた。そして、咸臨丸は閏三月十九日に、日本へ向けて出発することになった。

出航を前に、友五郎と万次郎が、軍艦奉行木村摂津守に呼ばれた。

何事だろうと、上級士官用宿舎の部屋を訪ねると、そこには木村摂津守とともに、いようだ。

従者は席を外すものと思っていたが、福沢は動かない。木村摂津守も「席を外せ」とは言わなかった。どうやら、摂津守が福沢を買っているという松岡の話は嘘ではな福沢がいた。


木村摂津守が言った。

「お呼び立てして申し訳ありません」

この奉行はどこまで謙虚なのだろうと思いながら、友五郎は言った。

「我々はお奉行の部下ですから、何なりとお申し付けください」

「実は、お二人に忌憚《きたん》のない意見をうかがいたい」

そこまで言って、木村摂津守は友五郎と万次郎の顔を交互に見た。友五郎は、無言で摂津守の次の言葉を待った。

「咸臨丸は、往路と同様に太平洋を横断して日本に帰ることになっています。ですが、往路とは違い、今度はアメリカ人の乗組員がおりません。それで、私は懸念しておるのです」

友五郎は即座にこたえた。

「測量方に関しては、何の問題もありません」

そのこたえに面食らったように、木村摂津守が言った。

「しかし、ブルック氏たちがいなければ、嵐の日々を乗り切ることはできなかったのではないですか？」

するど、万次郎が言った。

「水夫たちにはたいへんな航海になると思いますが、まあ、だいじょうぶでしょう」

木村摂津守が万次郎に尋ねた。

「だいじょうぶと言う、その根拠は？」

「往路の航海で、水夫たちはずいぶんと学び、成長しました。士官たちも同様です」

木村摂津守はしばらく考えた後に言った。

「心配しても仕方がないことはわかっているのです。出発の期日は迫っており、この航海は日本人だけでやり遂げなければならないのですから……」

万次郎が言う。

「航海は体で覚えるものです。帰路の間にも、乗組員たちは進歩することでしょう」

木村摂津守がうなずいた。

「二人に来てもらったのは、頼りになるのが貴殿らだけだからです。中浜殿は、アメリカの捕鯨船に乗っていた経験がおありだ。そして、小野殿は、ブルック氏にも負けない測量の技量をお持ちです。お二人がいなければ、咸臨丸はアメリカに着けなかったかもしれません」

そのとき、福沢が言った。

「なにせ、船将があの方ですから……」

船将とは艦長、つまり勝麟太郎のことだ。いくら奉行の従者だからといって、目上でしかも上官の勝に向かってこの言い方はいかがなものかと、友五郎は思った。奉行が大切な話をしている最中に、口を挟むのも出過ぎており、失礼だろう。

木村摂津守は、そんな福沢をとがめなかった。

「勝殿は、往路では体調を崩されていたのでしょう。あの方も貴殿らと同様に、長崎伝習所の出身なのでしょう。ならば、帰りはきっと働いてくれるでしょう」

どうだろうと、友五郎は思った。

勝は船はからきしだめなようだ。それなのに、長崎伝習所に派遣されたのはなぜなのだろう。つくづくと不思議に思った。

摂津守の言葉にこたえて、万次郎が言った。

「船将は、どっかと構えていてくだされば、それでいいのです」

つまり、まったく当てにしていないということだ。友五郎も同様だった。できれば、往路のように、ずっと船室にいてほしいと思った。

摂津守が言った。

「どうか、お二人の力で、咸臨丸を無事に日本に帰してください」

友五郎はどうこたえていいかわからなかった。測量方兼運用方なので、船の位置を知り、正しい方向に導くことはできる。だが、それだけでは船を日本まで無事に運航させることができるかどうかはわからない。約束はしかねるのだ。

だが、万次郎は言った。

「お任せください」

木村摂津守は安堵した表情だった。

いい機会だから、福沢が買い込んだ書物の代金を誰が払ったのか、摂津守に尋ねてみようかとも思った。だが結局、友五郎は何も言わなかった。

ここで福沢を吊るし上げても仕方がない。たしかに、この機会を逃すと、もうアメリカの書物を手に入れることはできないかもしれない。

無理をしてでも、入手すべきなのは、友五郎にも理解できる。

そして、もし木村摂津守が金を出したにしても、それは彼の判断なのだと思った。

友五郎は、軍艦奉行の判断に口を挟む気はなかった。

木村摂津守の部屋を退出すると、友五郎は言った。

「任せろ、などと言ってよかったのですか？」

万次郎はにっと笑った。

「ああでも言わないと、お奉行は安心なさらないでしょう」

「安心させるために、安請け合いをしたということですか？」

「安請け合いなどではありませんよ。お奉行に申し上げたとおり、水夫たちの腕は上がりましたし、海に対する意識も変わったと思っております。それに、小野さんがいてくれる」

「今私は、まったく同じことを考えていました」

「同じこと……？」

「中浜さんがいてくれる、と……」

万次郎が笑顔でうなずいた。

「力を合わせて、無事に日本に帰り着こうじゃないですか」

友五郎はそれに応じた。

「はい。私は死ぬつもりはありませんから」


予定通り、咸臨丸はサンフランシスコを出港した。

やってきたときと同様に、去るときも、港は人でいっぱいになった。新聞記者らも集まっている。

群衆に対して、甲板から勝麟太郎が手を振っている。まるで、自分のために集まった人々だとでも言いたげな態度だ。

手を振りながら、英語で何かわめいている。「ありがとう」とか「さようなら」といった簡単な言葉ばかりだ。だが、その様子を見ていると、友五郎は何だか感動してしまった。

勝麟太郎は、目立ちたがり屋だが、たしかに人を惹き付ける力があるようだ。こうして、人々の前に立っている姿は、なかなか絵になるのだ。

船が港を離れ、見送りや見物の人々が見えなくなると、勝は例によって船室に閉じこもった。

実際に海に出ると、やはり万次郎は頼りになる。水夫には的確な指示を与え、士官には助言をしている。おそらく万次郎は、往路のブルックのような働きをしてくれるに違いない。

友五郎は、さっそく天測を始めた。往路と同様に毎日船の位置を貼り出すことにしていた。

ブルックとの測量合戦は、なかなかおもしろかった。復路も同様のことをやってみようと思った。

友五郎は、松岡と赤松を競わせようと思った。伴と友五郎は、審査役だ。

松岡は友五郎らと同じ教授方で、赤松は教授方手伝《てつだい》だ。松岡と伴は伝習所二期生だが、赤松は三期生だからだ。

往路は、嵐の連続だったが、復路はそこそこ好天に恵まれた。決して容易ではないが、往路に比べれば楽な航海と言えた。

水夫たちもきびきびとした動きを見せている。嵐の航海の経験だけでなく、メーア島に滞在している間に、アメリカ海軍の水兵たちを見ていたことが大きく影響しているのだろうと、友五郎は思った。

航海が順調なことに安堵したらしい木村摂津守は、ある日、友五郎を船室に呼んで言った。

「咸臨丸のもう一つの任務をご存じですか？」

「存じております。無人島《ぶにんじま》の調査ですね」

無人島は、伊豆《いず》諸島のはるか南にある群島だ。文禄《ぶんろく》年間というから、三百年近く昔のことだが、信濃《しなの》小笠原《おがさわら》氏の一族だという小笠原貞頼《さだより》なる人物が発見したと言われている。

なんでも、延宝《えんぽう》の昔、幕府が水軍で有名な松浦《まつら》党の島谷市左衛門《しまやいちざえもん》をこの群島に派遣して調査をさせたということだ。その際に、「此島大日本之内也」という碑を立てたと言われている。

つまり、「この島は日本の領土だ」ということだ。これ以降、この島々は「無人島」と呼ばれている。

享保《きょうほう》の時代には、貞頼の子孫だと称する小笠原貞任《さだとう》という人物が、「この島は我が一族のものだ」といった主旨の訴状を公儀に提出した。

その訴状には、父島、母島、兄島などの島名が記されており、その後、一般にその名が使われるようになる。

また、無人島が「小笠原島」とも呼ばれるようになったのは、この訴状以来のことだ。

貞任に無人島渡航の許可が、南町奉行大岡越前守忠相《おおおかえちぜんのかみただすけ》から下されたが、その後、許可は取り消され、いつわりの申し立てをしたかどで、重追放となったそうだ。

木村摂津守が言った。

「小笠原の調査は重要です」

「はい。列強が日本を攻めてくるとしたら、無人島に拠点を作るでしょう」

「わが国の領土であることを、世界各国に知らしめることが肝要です。そのためには小笠原のことをよく知らなければならない。そして、島を開いて人が住める場所にする必要があります」

「すでに外国の人が住みついているという話を聞いたことがあります」

「そういうことをすべて調べなくてはなりません。一刻も早く江戸に帰りたいところだが、小笠原に寄ることはできますね？」

「理論的に考えれば、何の問題もありませんが……」

「が……？」

「海は何が起きるかわかりません。天候のことまではお約束できかねます」

「天候次第では、寄れないこともあると……？」

「はい」

「ご公儀の下命ですぞ」

「天候はどうしようもありません」

木村摂津守は、ぽかんとした顔になった。それから、感心したように言った。

「そういうことをはっきりおっしゃる方に、初めて会いました」

「もし、私がここで、何が何でも無人島に行きますと申せば、お奉行は安心なさるでしょう。でも、それが嘘になることもあり得るのです。私はお奉行に嘘を申し上げたくはありません」

木村摂津守はうなずいた。

「では、好天を祈るとしましょう」

「は……」

友五郎が退出して、甲板に出ると、そこに万次郎がいた。

「やあ、小野さん。お奉行に呼ばれたそうですね」

「今しがた、お目にかかっていました」

「何の話でした？」

「無人島のことです」

「小笠原ですか？」

「帰りに寄って調べてこいとの、ご公儀の下命のようです」

「ほう……。それで何とおこたえに……？」

「天候次第だと申し上げました。実際、楽な仕事ではありません。無人島の正確な緯度経度もわかっていません。今ある海図はあまり当てにならない……」

「実は、私は一度、小笠原に行っています」

この言葉に、友五郎は驚いた。

「え、それはいつのことですか？」

「一八四七年のことですね」

「西洋暦で言われても、ぴんときません」

「日本では弘化《こうか》四年ですね。五月に、フランクリン号という捕鯨船で小笠原に到着しました。アメリカでは、小笠原のことを、ボーニン・アイランズと呼んでいましたがね」

「ボーニン……？　それは無人のことですか？」

「そうですね。無人が訛《なま》ってボーニンになったのでしょう。フランクリン号は、ピール島と呼ばれる島のポート・ロイドという港に入りました。ピール島は、日本で言う父島です」

「訪れた経験があるというのは、心強い」

「そうでもないんです」

万次郎は苦笑を浮かべた。「この咸臨丸でアメリカに出発する直前のことですが、私は君沢形一番で小笠原へ捕鯨に出て、失敗しているんです」

「失敗……？」

「ええ。手投銛《てなげもり》式捕鯨を試みたのですが、水夫が不慣れな上、海が時化《しけ》まして……」

「そんなことがあったのですか……」

「私はこれまで何度も、小笠原を拠点とした捕鯨事業をご公儀に建言しているのです」

「無人島に殖民するためには、産業が必要です。捕鯨は悪くないと思います。ぜひ、ご公儀への働きかけを続けてください」

「小笠原に寄るということですので、気になることを一つ申し上げておきます」

「何でしょう？」

「今申し上げた鯨漁御用の折、父島へ向かったのですが、発見することができませんでした。測量の失敗ではありません。海図に描かれていた父島の位置が違っていたのです。日本近海の海図はまだまだ不正確なのです」

「わかっています」

友五郎は言った。「だからこそ、調査・測量が重要なのです」

八

松岡と赤松の天測勝負は、ほぼ互角だった。伴がそれについて、友五郎に言った。

「あの二人はすでに一人前ですな」

「そうでなくては困ります」

「相変わらず、小野さんはそっけない」

「そうですか？」

「あなたの弟子が一人前だということです。もっと嬉しそうにするものですよ」

友五郎は驚いた。

「二人は私の弟子ではありません。長崎伝習所で学んだのです」

「いや、彼らはこの咸臨丸であなたから多くのことを学んだのです。この私もそうです」

「私は何も教えてはいません。六分儀を使わせたら、赤松は私を凌ぐかもしれません」

「そんな……。小野さんを凌ぐなんて……」

「本当のことです。天測に関しては赤松には天賦の才があります」

「たしかに……」

伴は腕組みをして考え込んだ。「大三郎は六分儀の使い方が見事です」

いつしか、伴は赤松を「大三郎」と名前で呼ぶようになっていた。何ヵ月も寝起きを共にしていると、家族のようになってくる。

だが、不思議なことに、松岡を「磐吉」と名前で呼ぶことはなかった。おそらく、二人が持つ雰囲気のせいなのだろうと、友五郎は思った。

赤松大三郎は、実直で上の者に好かれる性格だ。一方、松岡磐吉は、理屈屋で一本気だ。一筋縄ではいかない男という印象がある。

伴がさらに言った。

「測量方としては、大三郎のほうが松岡より上でしょうな」

その言葉を受けて、友五郎は言った。

「しかし、運用方としては松岡が優れているように思います。彼はきっと、いい船将になります」

「はあ、さすがに小野さんは、よく人を見ていらっしゃる」

「あなたも同じことを思っているのでしょう」

伴は笑った。

「おっしゃるとおりです。いや、小野さんにはかないません」

友五郎は水平線に眼を転じた。

「もうじきホノルルですね」

伴はぱっと顔を輝かせた。

「そうそう。中浜さんによると、サンドウィッチ諸島は常夏で、夢のような島だということです。珍しく、中浜さんはそわそわしていますよ」

「そわそわ……？」

「なんでも、若い頃にホノルルにいたことがあり、懐かしい人に会えるかもしれないとおっしゃっていました」

「ほう……」

友五郎は興味を持った。

万次郎は若い頃に、サンドウィッチ諸島でどんな経験をしたのだろう。夢のような島だというが、実際にはどんなところなのだろう……。

その日の午後、友五郎は赤松とともに天測をしていた。

私も伴にならって名前で呼ぶことにしよう。そう思い、友五郎が「大三郎」と呼びかけると、彼は目を丸くしてこたえた。

「何でしょう？」

「はて……。どうしてそんな驚いた顔をしているんです？」

「小野さんからそのように呼ばれたことがなかったので……」

「伴は大三郎と呼んでいるのでしょう?」

「はい」

「ならば、私も呼んでいいでしょう」

「もちろんです」

日が傾く頃、天測を終えた。大三郎が計算をするために船室に下りていった。入れ替わるように、万次郎が甲板に姿を見せた。

友五郎は、ハワイのことを尋ねてみようと、万次郎に近づいた。

「ホノルル寄港を楽しみにされているそうですね」

万次郎が笑顔を見せた。

「ハワイはとてもいいところです」

「ハワイ?」

「ええ。サンドウィッチ諸島のことを、現地の人たちはそう呼んでいます。ハワイ王国なのです」

「若い頃にしばらくいらっしゃったということですが……」

万次郎はうなずいた。

「ええ。小野さんには、アメリカ本土にいた頃の話はずいぶんしたと思いますが、ハワイでの話はしていませんね」

万次郎とは咸臨丸に乗り組む前から親交があった。友五郎が天文方でスワルトなど海外の航海術に関する書物の翻訳に携わった折に、万次郎の海外や航海術の知識におおいに助けられたのだ。

「どういう経緯でホノルルへ……？」

「土佐《とさ》の宇佐《うさ》から仲間とともに漁に出て遭難したのが、十四歳のときです。鳥島《とりしま》に流れ着いて、そこで何ヵ月も過ごしました。そして、ジョン・ハウランド号というアメリカの捕鯨船に助けられたのです。そして、ホノルルに着いたのが十五歳のときでした」

「そこで暮らしたのですか？」

「いえ、いっしょに漂流した仲間はホノルルに残りましたが、私は捕鯨船の船乗りになることを選んだのです」

「そうでしたか。それは大きな選択でしたね」

もし、他の漂流者たちと同様にホノルルに残っていたら、英語と航海術を身につけた今の万次郎はいない。

「再びホノルルに戻ったのは二十歳のときのことです。そこで、日本人のかつての仲間と再会しました。そして、デーモン牧師と出会ったのです」

「デーモン牧師……」

「海員礼拝所のサミュエル・デーモン牧師です。養父のホイットフィールド船長の友人で、ホノルルに行ったら訪ねていくように言われていたのです。ずいぶんと世話になりました」

「そうですか」

「私が帰国する意思を伝えると、デーモン牧師は、いろいろな人に声をかけて必要な物や情報を集めてくれました。もしかしたら、また会えるのではないかと思いまして……」

「会えるといいですね」

笠間牧野家の徒士並《かちなみ》でしかなかった友五郎は、突然、公儀天文方へ出役を命じられた。三十六歳のときだ。さらにその後、長崎伝習所へ行くように、老中阿部伊勢守正弘《あべいせのかみまさひろ》から命じられる。そして、この咸臨丸への乗船だ。

波乱に満ちた人生と思っていた。だが、万次郎に比べればどうということはないという気がしてくる。

ちなみに、長崎伝習所行きを老中に推挙してくれたのは、今回の使節団に加わっている小栗豊後守忠順《おぐりぶんごのかみただまさ》だったという。友五郎は小栗豊後守に乞われて、算術の指南をしたことがあった。

そんなことを思い出しながら、友五郎は言った。

「人の縁というのは、ありがたいものです」

「そうですね。私も小野さんや小栗豊後守様といっしょにアメリカに行くことになるなんて、思ってもいませんでした。そしてまた、ホノルルを訪ねるなど……。とても不思議な気がします」

「何も不思議がることはありません。人の縁も、土地との縁も、すべて必然です」

万次郎は驚いた顔で友五郎を見た。

「すべて必然ですか……」

「そうです。どんなに数奇に思えても、必ず原因があります。不思議だと感じるのは、その原因を忘れているか、見落としているからなのです」

万次郎は笑った。

「小野さんはもともと算術家ですから、そうお考えになるのでしょう」

「そうでしょうか」

「海で暮らしていると、とても理屈では説明できないことが起きるものです。アメリカ人たちは、よく聖書に書かれている神の話をしますが、実際、神の思し召しを感じることがあります」

「神の思し召しも算術ですよ」

「え……？」

「私はそう感じているのです。この世のすべてはきっと単純で美しい数式で表すことができるのではないか、と……」

万次郎はかぶりを振った。

「小野さんのお考えになることは、私にはとても理解できそうにありません。これまでいろいろな人に会いましたが、小野さんのような人はいませんでした」

「まあ、人はそれぞれ違いますから」

万次郎はまた笑った。

サンドウィッチ諸島のホノルルは、たしかに夢のような場所だった。棕櫚《しゅろ》の木が立ち並び、南国の色とりどりの花が咲いている。

常夏という話だから暑い。だが、風が爽やかだ。

港では、サンフランシスコ入港のときに負けないくらいの歓迎を受けた。なんでもポーハタン号が往路で立ち寄ったとき、ホノルルに江戸の地図を残していったのだという。それが人々の関心を呼び、市民たちが港に押し寄せたという訳らしい。

さっそくハワイ王府から咸臨丸に使いが来て、王宮に招きたいと言う。午前中に木村摂津守と勝麟太郎が出かけていき、カメハメハ四世という名の王に謁見してきた。

勝は、例によって大はしゃぎだったそうだ。

その間、万次郎はさっそくデーモン牧師を訪ねようと、出かけていった。

友五郎は、夕刻になって戻ってきた万次郎に話を聞こうとしたが、その顔を見ると聞くまでもないと思った。満面に笑みを浮かべている。

「デーモン牧師に会えたようですね」

「会えました。牧師は今もお元気でした」

たまたま道を訊いた少年が、デーモン牧師の息子のエディだったのだと言う。教会を訪ねると、デーモン牧師は、「万次郎が墓からよみがえった」と大歓迎してくれたそうだ。

友五郎はふと気づいて尋ねた。

「お腰のものはどうされました」

いつも腰に差している大小がない。万次郎は、貧しい漁師から旗本になったことを、ことさらに誇りに思い、常に侍のたたずまいを崩さなかった。

その万次郎が帯刀せずに歩いているのは妙だと思ったのだ。

「デーモン牧師に差し上げました」

友五郎は即座に納得した。

「そうですか。それほど大切な方なのですね。武士の命を差し上げるほどに」

「はい」

今日のように嬉しそうな万次郎を、友五郎は初めて見た。彼は若い頃、文字通り生きるか死ぬかの境遇にいて、遠い故郷に帰る日を夢見ていたのだろう。

そんな時代に、手を差し伸べ、力を貸してくれた人たちは、彼にとってかけがえのない存在に違いないと、友五郎は思った。

夕食会やカクテルパーティーなど、咸臨丸の乗組員たちに向けての歓迎の催しは続いた。

ある夜、一行はプナホウ学校の弁論大会に招待された。

伴が不思議そうな顔で、友五郎に尋ねた。

「弁論大会というのは、いったい何ですか?」

友五郎はこたえた。

「私にわかるわけがない」

その場にいた万次郎がこたえた。

「公衆の面前で、自分の意見を述べる大会です」

伴はきょとんとした顔をしている。

「若者が酒を飲んで、論を戦わすことがありますが、それが大会になるのですか?」

万次郎が言う。

「公衆に対して、自分の意見を発表することは、デモクラシーにとって大切なことなのです」

「デモ……？　何です、それは」

「民衆による政治のことです。アメリカは、入れ札で大統領を選ぶでしょう。それがデモクラシーです」

「ふうん……」

伴は釈然としない顔をしている。実は、友五郎も同じような気持ちだった。まあ、どんなことをするのか、行ってみればわかる。そんな思いで、友五郎は出かけた。

学校には立派な講堂があり、そこに一般の人々が集まっていた。ここでも、ちょんまげを結い、帯刀した日本人は注目の的だった。

十代後半の生徒たちが演台に立ち、大きな声で何事か訴えかけている。彼らの身振り手振りはずいぶんと大げさだと、友五郎は感じた。

英語なので、何を言っているのかわからない。もちろん、万次郎は理解しているだろうが、他の乗組員にはちんぷんかんぷんだろう。

福沢がしきりにうなずいているが、彼はちゃんと英語を理解できているのだろうか。はなはだ疑問だと、友五郎は思っていた。

やがて弁論大会は終わった。ここの教育はたしかに日本の教育とは違っているようだ。日本ではまず、書物を読み、それを暗誦することを教える。

友五郎は、そんなことを感じただけだった。だが、一人ひどく興奮している男がいる。

福沢だった。彼は、しきりに、「これは立派なことだ」という意味のことを繰り返し言っている。

友五郎は福沢に尋ねた。

「そんなに感心しましたか」

「ああ、小野さん。そりゃあ、感心しましたよ。これからの若者はああでなくてはならない。ああいうことを教えるべきなんです」

「そうでしょうか……」

「そうですよ。デモクラシーは、自由にものを言うことから始まるのです。それに、私は、このプナホウ・スクールそのものに感動しました」

「学校に？」

「そうです。プナホウ・スクールは、幼子からハイスクールまで、一貫して教育をしているというのです。これはすばらしい。ぜひ、日本にもこういう学校を作りたいものです」

ああ、そういうことかと、友五郎は納得した。関心というのは、人それぞれだ。友五郎が、蒸気軍艦を造ることに夢中なように、福沢は学問の世界に強い関心を持っているのだろう。

そして、彼が主張する学問というのは、西洋の学問のことだ。日本は遅れており、西洋は進んでいる。だから、すべて西洋に学ばなければならない。そう考えているように思えて仕方がない。

日本の伝統をないがしろにするのは、とても残念なことだと思いながら、友五郎は、興奮に顔を紅潮させている福沢の姿を眺めていた。

歓迎の催しもすべて終わり、出航の準備をしている友五郎の元へ、蒸気方の肥田がやってきた。

「ちょっと、お話が……」

浮かない顔をしている。

「どうしました？」

「汽罐に蒸気洩れがあります」

「蒸気洩れ……。深刻な事態ですか？」

「大事には至らないと思いますが、出力がやや落ちます」

「通常の航海には支障はないのですね？」

「今以上に悪化しなければ……。しかし、保証はしかねます」

「修理はできないのですか？」

「応急処置はしてありますが、ちゃんと直すには船渠《せんきょ》に入れて、蒸気や水、石炭などをすべて抜く必要があります。時間がかかるでしょう」

「出航は明日です。そんな時間はありません。応急処置で乗り切るしかないでしょう」

「わかりました。何とかしましょう。それと……」

「まだ何か……？」

「石炭が不足するかもしれません」

友五郎は眉をひそめた。

「どれくらい残っているのですか？」

肥田が言った量で、航続距離を計算してみた。たしかに、ちょっと心許ない。腕組みして考えていると、肥田が言った。

「帆を張り、風の力を借りて、まっしぐらに浦賀を目指せば問題ないと思いますが……」

「ご公儀からの命で、小笠原に寄り、調査することになっています……」

「問題はそれです」

「浦賀までの巡航ならば、問題ないのですね？」

「はい」

友五郎は即座に決断した。

「小笠原は諦めましょう」

肥田は驚いた顔になった。

「お奉行や、勝船将は、それで納得してくれるでしょうか？」

「納得してもらうしかないでしょう。とにかく、私が話をしてきましょう」

友五郎はすみやかに、木村摂津守の元に向かった。

九

木村摂津守は、友五郎から話を聞くと考え込んだ。友五郎は、無言で返事を待った。その場に、従者の福沢もいたが、事の重大さを思ってか、あるいは、まったく興味のない話だからか、口を差し挟もうとはしなかった。

長い沈黙の後に、木村摂津守が言った。

「小笠原に寄れるかどうかは、天候次第だとおっしゃいましたね」

「申しました」

「天候がよければ、何の問題もないと……」

「それが間違いでした」

「ご公儀の下命に背くことになります」

「蒸気洩れに、石炭不足……。これらの問題は、天候の問題よりも明らかです」

木村摂津守は再び考え込んだ。

友五郎は、どんな返答があろうと、それに従うと心に決めていた。

小笠原諸島に寄れば、日本本土に戻れないと考えねばならない。だが、それでもご公儀の命に従うと、木村摂津守が判断するのなら仕方がない。

自分は、軍艦奉行に言われたとおりに船を運航させるだけだ。

やがて、木村摂津守が言った。

「中浜殿の考えもうかがいたい」

友五郎はうなずいた。

「それがよろしいかと存じます。私も中浜さんに確かめる必要があると思っておりました」

木村摂津守は福沢に、万次郎を呼びに行かせた。福沢が船室を出て行くと、木村摂津守が言った。

「気を悪くなさらないでください。あなたの考えを疑うわけではないのです」

「お気遣いはご無用です」

福沢とともに船室にやってきた万次郎は、ただならぬ雰囲気を察した様子で言った。

「何事でしょう？」

木村摂津守が友五郎に言った。

「事情を説明してください」

友五郎は、蒸気洩れと石炭不足の話をした。万次郎は即座に言った。

「無事に品川に帰り着きたいのなら、小笠原は諦めるべきでしょう」

やはり、自分と同じ考えだ。友五郎はそう思った。

木村摂津守が言った。

「無理ですか……」

「私はかねてより、ご公儀に小笠原での鯨漁の提言をしております。それ故に、人一倍、小笠原への思いは強うございます。ぜひとも、小笠原を測量したい。しかしながら、漂流の危険を冒すわけにはいきません」

「私が最も頼りにしている二人が同じ考えなのだから、それに従わないわけにはいかない。では、まっすぐに帰港することにしよう」

この、木村摂津守の決断に、友五郎は頭を下げた。

「承知しました」

そのとき、福沢が言った。

「勝船将は何と言われますかねえ……」

友五郎と万次郎は、ほぼ同時に彼を見た。

福沢がその二人の視線にたじろぐ様子もなく言葉を続けた。

「だって、そうでしょう。あの人は船の大将のつもりでいる。勝手に運航の変更を決めたら、へそを曲げるんじゃないですか」

すると、木村摂津守が憂鬱そうな顔になって言った。

「私から話をしましょう」

上役である木村摂津守も、口うるさい勝は苦手の様子だ。しかも、勝のほうが年上なのでなにかと面倒なのだ。

だが、ここは軍艦奉行に任せるしかない。友五郎と万次郎は、船室を退出した。

船室を出ると、万次郎が言った。

「蒸気洩れか、石炭不足……。どちらか一つなら、無理もできるでしょうが……」

友五郎はそれにこたえた。

「無理をする必要はありません。私も中浜さんとまったく同じ考えだったのです」

「せっかくの機会を失うのは、まことに残念なのですが……」

「ご公儀が、本当に小笠原が必要だと判断すれば、またの派遣もあるでしょう。そのときは、咸臨丸が行くことになるかもしれませんよ」

万次郎はまじまじと友五郎を見た。友五郎は尋ねた。

「何です？　私が何か変なことを言いましたか？」

「変なことではないのですが、不思議だなと思いまして……」

「何がですか？」

「小野さんにそう言われると、本当にそんな気がしてくるんです」

「別に不思議でも何でもないでしょう。私は、当然あり得ることしか言いませんから

「……」

「人はなかなか、その正しい理屈を見いだすことができません」

「私にとっては、そのほうが不思議議です」

それからほんの数分後のことだ。友五郎の船室のドアを叩く音がした。

「何でしょう？」

友五郎がこたえると、ドアが開き、青い顔をした水夫が言った。

「至急おいでいただけないかと、勝船将が……」

来たか。福沢が言うとおりになったな……。

そんなことを思いながら、友五郎は言った。

「すぐに参ります」

勝は自分の船室ではなく、木村摂津守の船室にいるという。再び訪ねてみると、そこには、木村摂津守や福沢だけでなく、万次郎の姿もあった。

勝が集合をかけたというわけだ。

木村摂津守が友五郎に言った。

「再三のお呼び立て、申し訳ありません」

「どうなさいました？」

すると、勝麟太郎が言った。

「どうもこうもねえよ。船の進路を勝手に決められちゃ困るんだよ」

木村摂津守が言った。

「ですから、こうして報告しているんです」

「おいらは、船将ですよ。メリケン風に言やあ、キャプテンだ。報告の前に、相談があってしかるべきでしょう」

万次郎が言った。

「理由は説明いたしました。私も、小笠原に寄りたいのです。しかし、石炭が底をつけば漂流ということにもなりかねません。漂流というのは、言葉にできぬほど辛いものです」

万次郎は若い頃にそれを味わっている。

勝が言った。

「帆を張って風をうまく利用すれば、石炭を節約することだってできるじゃねえか」

万次郎がそれにこたえる。

「石炭不足だけなら、それも可能かもしれません。しかし、蒸気洩れのために機関の出力が不足するとなると、まっすぐに本国に戻ることもおぼつかなくなるかもしれません」

「ご公儀の下命を何だと思ってやがる」

木村摂津守が言った。

「その重さは充分に承知しております。ご公儀には私から説明するつもりです。責任は私が取ります」

「船の責任者はおいらですよ」

そのとき、友五郎は言った。

「そう。勝殿は、船の責任者です。ですから、船を守らなければなりません」

勝は、友五郎のほうを見た。

「おうよ。そんなことはわかっている」

「もし、ここで咸臨丸を守るご決断をされたら、キャプテンとして人々の賞賛を得ることになるでしょう」

「賞賛だって?」

「一方で、もし本国に帰り着けず、船と乗組員を失ったとなれば、船将のお名前に傷がつくことになりましょう」

勝は、唸ったきり言葉を失った。

彼はしばらく考えていたが、やがて言った。

「この咸臨丸には、乗組員だけじゃなくて、アメリカから仕入れた貴重な資料がたくさん積まれている……」

「おっしゃるとおりです」

友五郎は言った。「メーア島の造船所で気づいたことの記録が山ほどあります。それがあれば、自前の蒸気軍艦を建造することも可能です」

福沢が言った。

「二度と手に入らない書物をたくさん買い込んだんです。これを日本に持ち帰らなければなりません」

友五郎が言った。

「それを日本に持ち帰ったとなれば、それもまた船将の功績として賞賛されるのではないでしょうか」

とたんに、勝の機嫌がよくなった。

「咸臨丸はおいらの船だ。何としても帰港させなきゃならねえ」

友五郎はうなずく。

「おっしゃるとおりです」

「じゃあ、船を帰港させることに全力を尽くしてくんな」

木村摂津守が念を押す。

「では、小笠原はなしでいいですね？」

勝は出入り口に向かった。

「おう。まっすぐ日本に向かうんだよ」

彼は船室を出ていった。

木村摂津守が安堵したように、溜め息をついて言った。

「小野殿、おかげで助かりました」

「いいえ、私は別に何もしておりません」

万次郎が言った。

「いや、小野さんがいなけりゃ、勝さんはまだ納得していなかったはずです」

友五郎は言った。

「勝さんは、小笠原に寄れないことなど、とうにおわかりだったんです。事情は理解されていたはずです。ただ、我々が頭越しに航路を決定したことが面白くなかったのでしょう」

　万次郎が言う。

「じゃあ、ただ我々を困らせようとして、あんなことを言っていたのだと……」

それを聞いて、木村摂津守が言った。

「運航について、まず船将に話をしなかった私の落ち度です」

万次郎が言った。

「そう言えば、勝さんが、小笠原なんかに寄りたくないと言っていたのを聞いたことがあります。一刻も早く帰港したいというのが本音でしょう。だだをこねていたに過ぎないのですね」

友五郎は言った。

「この中で、勝さんよりも年上なのは、私だけです。年上の私が言ったので収まったというわけです」

「年のことを言われますと……」

木村摂津守が言った。「私が一番若いですから、何とも力不足で申し訳ありません」

すると、福沢が言った。

「一番若いのは私ですが……」

万次郎が福沢に言った。

「あんたは、勘定に入っていないんだよ」

その後、咸臨丸は順調な航海を続けた。汽罐の蒸気洩れも、なんとか帰港まで持ちそうだった。

航路変更に文句を付けたきり、勝麟太郎はまた船室に閉じこもっていた。

そして、万延《まんえん》元年（一八六〇年）五月五日、咸臨丸は浦賀港に到着、さらに翌六日には、品川に無事帰港した。

浦賀にも品川にも、見物の人が押し寄せていた。

品川に入港したとき、甲板からその様子を眺めていた伴鉄太郎が言った。

「民衆の歓迎ぶりは、アメリカも日本も変わりませんね」

友五郎はそれを聞いてうなずいた。

「言ったでしょう。どこの国でもやっていることは大差ないのだ、と……」

「いや、そうでもないですよ」

二人の会話を聞いていて、そう言ったのは、松岡磐吉だった。「アメリカの人々は、もっとはしゃいでいました」

友五郎は言った。

「そうでしょうか。私には同じように見えますが……」

「出迎えの式典も、ずいぶんと形式張っているでしょう」

「それが日本らしさなんです。秩序があっていいと思います」

甲板の上でも、下船した後の式典でも、一番目立っていたのは勝麟太郎だった。木村摂津守はひかえめに見えた。

やがて、乗組員は帰宅することになったが、友五郎はまったく実感がなかった。約半年もの間、家を空けていたのだ。まだ自分の家が残っているかどうかも疑わしいほどだった。

門をくぐり、玄関に入ると、そこに妻の津多《つた》が座っていた。友五郎は驚いて言った。

「どうして、私が帰宅する時間がわかったんです？」

津多はほほえんで言った。

「足音がしましたので……」

「そんなに耳がよかったのですか……」

いくら耳がよくても、足音に気づくはずなどないと、友五郎は思った。おそらく、使用人などに見張らせていたのだろう。

そう思ったが、何も言わないことにした。

津多は、手をついて言った。

「長いお勤め、ごくろうさまでした」

「とにかく、風呂に入りたいです」

「湯がわいております」

「ありがたい……」

友五郎は、さっそく風呂場に向かった。

帰国してみると、世の中はずいぶんと変わっていた。

まず驚いたのは、大老井伊掃部頭《いいかもんのかみ》が暗殺されていたことだ。咸臨丸とポーハタン号がアメリカに行ったのは、日米修好通商条約の批准書を交換するためだった。

この条約は、孝明《こうめい》天皇の勅許がないままに締結された。それが尊王攘夷《そんのうじょうい》派の猛烈な反発を誘った。

さらに公儀は、将軍お世継ぎ問題もかかえていた。それらの問題の矢面に立たされていたのが井伊直弼《なおすけ》大老だった。

もともと井伊大老は、勅許のない条約調印には反対だったが、下田《しもだ》奉行の井上清直《いのうえきよなお》と目付の岩瀬忠震《いわせただなり》が、「致し方ない」という井伊の言葉を拡大解釈して調印してしまった。

岩瀬肥後守《ひごのかみ》忠震は、友五郎が学んだ長崎伝習所を作るために尽力した人物でもある。日露和親条約締結にも関わり、ロシア側のプチャーチンに感銘を与えるほどの俊英だと聞いている。

だから、日米修好通商条約調印を急いだのにも、ちゃんとした理由があったのだ。ヨーロッパ列強の圧力だ。イギリス、フランスなどの艦隊がいつ攻めてくるかわからない状態だったので、それを牽制するためにいち早くアメリカと条約を結ぶ必要があったのだ。

もっとも、イギリスやフランスの艦隊がすぐにでも攻めてくるという話は、アメリカ側代表であるタウンゼント・ハリスのはったりだったという話もある。

勅許のない条約に反対だったとはいえ、井伊は時の大老だ。条約調印の責任は彼にあり、尊王攘夷派は彼に批判の矢を浴びせた。

さらに、将軍継承問題では、井伊大老は徳川慶福《よしとみ》を擁《よう》していた。その慶福が十四代将軍家茂《いえもち》となり、対立していた一橋《ひとつばし》派の怒りを買った。

「水戸《みと》のご隠居を怒らせたんだな……」

一連の出来事を聞き、友五郎はそう思った。

彼が「水戸のご隠居」と呼んだのは、かつての水戸家当主、徳川斉昭《なりあき》だ。彼は過激な尊王攘夷派で、勅許なき条約調印にも激怒していたという。

井伊大老は、反対派を処罰、免職、左遷するという措置に出る。その中には、徳川斉昭も含まれていた。

これに、攘夷派の公家が腹を立てた。その結果、孝明天皇がご公儀の刷新を図るための密勅を水戸に送った。

この密勅は水戸家の陰謀だとして、井伊大老はご公儀に逆らう者たちの徹底的な弾圧を決意した。一橋派と、それに関わりのある公家をまず捕縛断罪。さらに反対運動をしていた諸国の家臣たちをも捕まえた。

この弾圧は、僧侶や町人にまで及び、断罪・処罰された者は百人に及んだのだという。

こうしたことがきっかけになり、過激な尊王攘夷派である水戸家臣たちが井伊大老の暗殺計画を進めた。実行したのは、水戸を脱した者たちと薩摩浪士だった。

井伊大老の後を継いで政権を担ったのは、老中安藤対馬守信正《あんどうつしまのかみのぶまさ》だ。彼は、井伊大老に罷免《ひめん》されていた久世大和守広周《くぜやまとのかみひろちか》を老中に復活させ、二人で政《まつりごと》を切り盛りしているということだ。

日本を留守にしている間に、世の中がひっくり返るくらいの大騒ぎになっていたわけだ。だが、友五郎にはその実感がない。

政権が変わっても、自分のような笠間の殿様の家来でしかない者にはあまり関係はない。それよりも、一刻も早く軍艦の建造に着手したい。

友五郎はそんなことを思っていた。

咸臨丸でアメリカに出かける前の勤務先は、江戸軍艦操練所だ。そこで教授方をやっていた。今の身分もそれなのだろうが、今のところ仕事に出ろとも言われていない。

しばらくはのんびりしろということなのだろうが、友五郎はすぐにでも軍艦建造に向けて動きはじめたかった。そのために、メーア島の造船所で多くのことを検分し、記録してきたのだ。だが、具体的にどうしていいかわからない。

そういう訳で、自宅で暇を持て余していたのだが、そこに、笠間牧野家江戸屋敷から使いが来た。五月二十六日のことだ。

使いは三人もいた。何だかものものしい。

まさか、自分は何かのかどで捕縛でもされるのではないか。そんなことさえ思った。

使いは、ご公儀からの書状を届けに来たのだった。

友五郎はさっそく書状を開いてみた。

「お序《ついで》の節御目見得《おめみえ》仰付られ候《そうろう》」

何が書かれているのか、理解できなかった。友五郎は使いに尋ねた。

「これは何事でしょう」

使いは興奮した様子でこたえた。

「ですから、御目見得です」

「おめみえ……」

つまり、上様に直接拝謁できるということだ。

「それは理屈に合いません」

友五郎は言った。「私は旗本ではありません。御目見得がかなうはずがありません」

「ですから、一大事なのです。しかも、単独の御目見得です」

さすがの友五郎も、しばし唖然としていた。

十

津多が言った。

「御目見得となれば、いろいろと準備も必要ですね。お召し物とか……」

友五郎は言った。

「着物なんぞ、何だっていいでしょう」

「そうはまいりません。粗末な恰好では、上様に失礼に当たります」

「そうでしょうか……」

友五郎は、そういうことにはうとい。測量や計算ではすぐにこたえを出せるが、世間のしきたりや付き合いについてのこたえはなかなか見つからない。

……というより、その類のことはどうでもいいと思っている。それらは物事の枝葉のまた枝葉だという気がする。友五郎にとって大切なのは、中心にある幹なのだ。

津多が言う。

「とにかく、私に任せてください」

「はあ、お願いします」

そのうちに、江戸屋敷からまた使いが来た。

「参上せよとの、殿の仰せです」

友五郎は尋ねた。

「今度は何事ですか？」

「殿におかれましては、ことのほかお喜びで、御目見得に備えて、扶持《ふち》を増やすとのことです」

「それはありがたいが……」

出世とか昇給を断る理由はない。

「では、ごいっしょに……」

使いにそう言われて、友五郎は目を丸くした。

「これからですか？」

「殿はせっかちであらせられるので……」

すぐに身支度をととのえ、牧野家屋敷に向かった。

御対面所に通され、友五郎は型通り両手をついてひれ伏した。

やがて「殿のお成りである」という声がした。江戸家老の声だ。衣擦れの音が聞こえ、正面に当主・牧野越中守貞明《えっちゅうのかみさだあき》がやってきたのがわかった。

「小野友五郎、この度はでかした。面《おもて》を上げい」

「は……」

言われたとおり、顔を上げる。殿様の顔など、あまり拝んだことはない。

「御目見得となれば、旗本も同然。牧野家としても鼻が高い」

「は……」

「大海を越えてメリケン国に行き、無事に戻るなど、これまで誰もなし得なかったことだ。まことにあっぱれだ」

「は……」

「なんだ……。そのほうは、は、しか言えんのか？」

「は……」

「緊張しておるのか。ここで緊張などしておったら、上様の御目見得のときにはひっくり返ってしまうぞ」

「そうかもしれません」

「此度の御目見得の件、木村摂津守がそのほうの働きをご公儀に申し上げた故と聞いておる」

「お奉行が、私のことを……」

「そうだ。そのほうの働きが特に優れていたということだ」

「私はやるべきことをやっただけです」

「うん。謙虚でよい」

別にひかえめに言っているわけではない。本当にそう思っているだけだ。

友五郎が黙っていると、殿様がさらに言った。

「若い頃から、算術や測量が得意だったということだな」

「はい」

「笠間の誇りじゃ」

「は……」

「そのほうは、給人席で、三十俵十人扶持と聞いておる」

「仰せの通りでございます」

「では、物頭格《ものがしら》とし、五人扶持を加増することにする」

物頭格は、上士の中でも上席だ。給人・目付の上は、取次・奏者、さらにその上が物頭・大目付だから、二階級特進の出世だった。

「はあ……」

すると、江戸家老が「これ」と叱責した。

「お礼を申し上げぬか」

「失礼つかまつりました。すっかり驚いてしまったもので……」

友五郎は両手をついて言った。「ありがたき幸せにございます」

「いつか、メリケン国のことなど、話して聞かせてくれ」

「かしこまりました」

友五郎が両手をついていると、殿様が立ち上がる気配がした。

やがて、江戸家老の声がした。

「小野、もうよいぞ」

友五郎は顔を上げた。すでに殿様の姿はない。

「殿の仰せのとおりだ。そのほう、本日から物頭格だ。よかったな」

「なんだか実感がありませんが……」

「これは、御目見得のための沙汰だ。準備を怠るなよ」

「それは、奥に任せております」

「まあ、そういうものだ。よいか、上様には、くれぐれも失礼のないようにな。何かあれば、切腹だぞ」

「脅かさないでください」

「脅しではない。万が一、上様に失礼の段があれば、殿にも累が及ぶ」

会うだけだというのに、えらく気を使わなければならないのだ。友五郎は何だか気が進まなくなってきた。

別に、友五郎のほうから拝謁を望んだわけではないのだ。

御目見得以上が旗本、それ以下が御家人。そういう世の中だ。だから、名誉なことであるのはわかる。

それよりも、友五郎はやりたいことがたくさんあった。蒸気軍艦を造るために、機関のことを専門家ともっと詰めたかった。そして、船体を造るための技術者と話がしたかった。

気がつくと、江戸家老も姿を消していた。

友五郎は、立ち上がり、牧野家江戸屋敷をあとにした。


五月の終わりに、突然、万次郎が訪ねてきた。

「これは、中浜さん。ようこそ、おいでくださいました」

「咸臨丸では、お世話になりました」

「世話になったのは、こちらのほうです。さあ、お上がりください」

座敷に移ると、万次郎が言った。

「御目見得だそうですね。まことに、おめでとうございます」

友五郎は言った。

「いやあ、そのことなのですが……」

「どうかしましたか？」

「何だか気が重くて……」

「もともと、御目見得できる身分ではありませんし、上様に失礼があったら切腹だ、などと言われましてね。私はまだまだ、やることがあるので、死ねません」

「気が重い……？」

万次郎が笑った。

「心配することはありません。御目見得など、じっとひれ伏している間に終わりますよ。軍艦奉行の話をお聞きになった上様が、あなたに興味を持たれたということですから、形式的な御目見得とは違うでしょうし……」

「ああ、その話は聞きました。木村摂津守殿にもお礼を申し上げなければなりません」

万次郎が少しばかり声を落とした。

「それよりも、気になる噂を聞きました」

「何です？」

「勝さんですよ」

「勝さんが、どうかしましたか？」

「あなたの御目見得に、いたく憤慨されているということです」

「どうしてまた……」

「船将は自分なのだから、自分が御目見得に与《あずか》るのが筋だろうと……。要するに、やつかんでいるのです」

「はあ……。そういうことなら、代わってあげてもいいのですが……」

万次郎があきれた顔で言った。

「あなたの一存で代われるものではありませんよ」

「そこが、面倒なところですね」

「あなたは、堂々と御目見得なさればいい」

「それはそうなのですが……」

「名誉、名声は、勝さんにとっては何より重要なのでしょうね。あの人はそういう人です。まあ、妙なことで怨みを買うのも、あなたにとっては迷惑なことでしょうが……」

「別に迷惑とは思いません。勝さんがどう思おうと、私には関係のないことですから……」

万次郎は友五郎を見つめて言った。

「やっぱり、あなたは変わった人ですね」

「そうでしょうか。どこが変わっていますか?」

「普通、世間での評判や、仕事仲間の思惑などは、気になるものです」

「そんなことより、私はすぐにでも蒸気軍艦の建造を始めたいのです」

万次郎がまた笑った。

「あなたはそういう人です」

「メーア島の造船所をつぶさに見学して、日本でも造れるという自信を得ました」

「ならば、建言書を出されることです」

「建言書……？」

「言っているだけでは、物事は進みません。ご公儀を動かすには、それなりの方法があるのです」

「その建言書は、どこに出せばいいのですか？」

「もってこいの方が おられるではないですか」

「あ、木村摂津守殿……」

「なにせ、軍艦奉行ですからね。摂津守様をおいて他にはおられますまい」

「おっしゃるとおりです」

友五郎は、すぐにでも建言書作成に取りかかりたかった。

そんな友五郎を見て、万次郎が言った。

「私もやりたいことがあります」

「捕鯨ですか？」

「そうです。かねてから私は、小笠原に捕鯨の基地を作るべきだと主張しておりました。アメリカからの帰路に小笠原に寄ることはかないませんでしたが、いずれまた、行ってみたいと思っております」

「小笠原は重要だと思います」

万次郎はうなずいた。

「その折には、ぜひまた小野さんと船に乗りたい」

万次郎が帰ると、友五郎はさっそく建言書作りを始めた。

六年ほど前に、ご公儀に『渡海新編』四巻を献上している。足立《あだち》天文方に出役していたときのことだ。その経験があるので、ご公儀に対する書物をしたためることには、それほどの戸惑いはなかった。

しかも、今回は共に太平洋を渡った木村摂津守に読んでもらうための書類だ。それほど気負う必要もない。

書くべきことは、すでに決まっていた。日本でもアメリカ同様の蒸気軍艦を建造することは充分に可能だ。すぐに着手すべきだ。その事実と思いを伝えればいいのだ。

友五郎は、夢中で筆を走らせた。

あっという間に日は過ぎ去り、御目見得の日となった。早朝から、津多は何やら準備をしていた。

食卓を見ると、打ち鮑《あわび》、搗《か》ち栗、昆布《こんぶ》が並んでいた。友五郎は驚いて言った。

「戦に行くわけじゃないんですよ」

津多が言った。

「戦と同じくらい大切な日です」

「大げさですよ」

「大げさではありません。今日を境に人生が変わるかもしれないのです」

「それも大げさです」

友五郎は家を出て、江戸城に向かう。

旗本・御家人ではなく、笠間の殿様の家来でしかない友五郎は、登城した経験などない。御目見得だ、などと言っても、門番が信じてくれないかもしれない。門前払いを食ったらどうしよう。

そんなことを考えながら歩いた。

もちろん、門前払いなどされることはなかった。そればかりか、わざわざ木村摂津守が迎えに出て来てくれていた。

「お奉行にここでお会いできて、ほっとしておりますが、畏れ多いことです」

「何をおっしゃいます。私が無事に日本に戻れたのは、小野殿のおかげです。さあ、こちらへどうぞ」

「御目見得の作法は、人に聞いて、一通り学んだつもりですが、いざとなるとどうにも不安です」

「無理もない。ですが、小野殿に会うのは、上様のたってのご希望だということです」

「それについては、摂津守殿にお礼を申し上げなければなりません。上様に私のことをご報告されたのだとか……」

「ブルック氏にも引けを取らない、小野殿の天測の技術、私自身が感服しましたので、それをそのまま上様にお伝えしたに過ぎません」

「過分なお言葉です」

「決して過分ではありません」

木村摂津守は真剣な顔で言った。「天測だけでなく、小野殿の技術は、将来日本の宝となるでしょう」

その言葉に押されて、友五郎は言った。

「またとない機会なので、申しあげます」

「何でしょう？」

「我々はすでに蒸気軍艦を造れる技術を持っています。それをメーア島の造船所を見学して確信しました」

「ほう……」

「蒸気軍艦建造の建言書を認《したた》めましたので、ぜひお奉行にお読みいただきたいと思います」

「承知いたしました。いつでもお持ちください」

「ありがとうございます」

廊下を進むと、そこかしこに、友五郎たちを見ようと顔を覗かせる者たちがいる。旗本でもないのに、御目見得とはどういうことなのか。そんなことを思っているのかもしれないと、友五郎は思った。

やがて、広間に通され、しばらく待てと言われた。

単独の謁見と言っても、上様と部屋で二人きりになるわけではない。側近の者が何人かいる。

それでも、部屋の真ん中にぽつんと座らされると、今さらながら、これはえらいことだと感じた。

やがて、上様お成りの声が響く。

友五郎は、両手をつき、額が畳につくくらい頭を下げた。

牧野の殿様に謁見したときと同様に、衣擦れの音が聞こえてくる。上様が、正面に座ったのがわかる。

すぐに声が聞こえてきた。

「牧野家家臣、小野友五郎だな？」

若い声だ。上様はまだ十代半ばなのだ。

「左様にございます」

「メリケン国への出張、大儀であった」

「恐れ入ります」

「木村摂津から聞いた。そちの働き、ことのほか立派であったと」

「精一杯、勤めさせていただきました」

「天測に秀でており、メリケンの船乗りにも引けを取らなかったということだな」

友五郎は同じ言葉を繰り返した。

「精一杯、勤めさせていただきました」

「天測というのは、星を見て船の位置を知ることだそうだな」

「仰せの通りです」

「その技術があれば、大海原に出て、どこへでも行けるのだな？」

「左様にございます」

「面を上げよ」

友五郎は戸惑った。牧野の殿様に言われたのとは訳が違う。家臣であれば、殿様の顔を拝することはできる。しかし、友五郎は旗本・御家人ではない。つまり、上様の家来ではないのだ。失礼があったら切腹。江戸家老のその言葉が脳裏に浮かんだ。

上様がもう一度言った。

「面を上げよ。せっかく参ったのだ、余に顔を見せてくれ」

二度言われて、言うことを聞かなければ、かえって失礼に当たるだろう。ええい、ままよ。

友五郎は顔を上げた。側近たちは何も言わない。普通の顔をしている。

上様は、白い顔をなさっている。

それが友五郎の印象だった。

その白い顔に笑みが浮かんだ。

「それほどあっぱれな者なら、ぜひ家来にほしいものだな」

どうこたえていいのかわからず、友五郎は黙っていた。

上様が言った。

「これからも、公儀のために働いてくれ」

「かしこまりました」

友五郎は、再び平身した。

上様が退出する気配がする。

やがて、側近の声がする。

「下がってよい」

部屋を出ると、友五郎は気が抜けたようになった。

万次郎は「ひれ伏している間に終わる」と言っていたが、たしかにあっという間だった。

友五郎は、上様のご尊顔を拝したことより、この日、木村摂津守に建言書を渡す約束をしたことのほうが重要だと感じていた。

明日にでも、建言書を持っていこう。

友五郎はそう思いながら殿中の廊下を進んだ。

十一

「いつでもお持ちください」という木村軍艦奉行の言葉を信じて、さっそく蒸気軍艦建造の建言書を提出することにした。

木村摂津守は、築地《つきじ》の軍艦操練所にいるというので、そこを訪ねた。友五郎は、操練所で教授方をしているので、勝手は知っている。

木村摂津守がいる部屋を目指して構内に立ち入ると、呼び止められた。

「待たれよ。何用か？」

まさか、馴染みの軍艦操練所で足止めを食らうとは思ってもいなかったので、友五郎は驚いた。渡米でしばらくいなかったせいだ。

「軍艦奉行に用がありまして……」

「そこもとは……？」

友五郎が名乗ると、相手の態度がたちまち変わった。

「あ、これは失礼いたしました。すぐにご案内いたします」

「操練所のことはよく知っております。お奉行がどこにいらっしゃるか教えていただければ……」

「いや、そうは参りません。失礼があっては、私が他の教授方に叱られます」

案内してくれるというのだから、断る理由もない。友五郎はその男についていった。

木村摂津守は、とても広いとは言えない和室で座卓に向かって仕事をしている最中だった。

「小野友五郎殿がおいでです」

木村摂津守が顔を上げた。

「なに、小野殿が……」

友五郎が、部屋に入って行くと、木村摂津守は笑顔を見せた。

「おお、よくおいでくださいました」

案内してくれた男が言った。

「では、私はこれにて……」

「ああ……。わざわざ案内してくれてありがとうございました」

「何なりとお申し付けください」

男が去っていくと、友五郎は部屋に入った。

「久しぶりに来てみると、何だか待遇が違うので、面食らいます」

「それはそうです。今や小野殿は時の人ですから」

「時の人……？」

「咸臨丸を見事に運用して太平洋を横断したのですから」

「それは、ジョン・ブルック氏と、中浜さんのおかげです」

「あなたは、天測術で、そのブルック氏に決して引けを取りませんでした。本邦の誇りです」

「そのために、長崎伝習所で勉強をしましたから……」

「そして、あなたは上様の御目見得に与った。今城内でも噂の的ですよ。ここの人たちも、当然その噂は知っています」

「そうですか」

「まるで、他人事ですね」

「どんな噂か存じませんが、私がやるべきこととは関係ありません」

「ほう……。あなたがやるべきこと……」

「そうです。一日も早く、蒸気軍艦を建造したい。その思いを、建言書にしたためて参りました」

木村摂津守はうなずいた。

「お預かりしましょう」

友五郎は、風呂敷から建言書を取り出し、差し出した。それを受け取ると、木村摂津守はさっそく最初の部分に眼を通した。

それから友五郎の顔を見て言った。

「しっかり読ませていただきます」

「よろしくお願い申し上げます」

友五郎は頭を下げた。

「小野殿の情熱と知識は、必ずや実を結ぶでしょう」

あとはお奉行に任せるしかない。友五郎はそう思いながら、言った。

「それにしても……」

「何です？」

「お奉行なのですから、江城《こうじょう》にお勤めなのだろうと思っておりましたが……」

「ああ……。城内におることもあります。ただ、私としてはここのほうが仕事がやりやすいのです」

摂津守らしいと、友五郎は思った。

ご公儀での話し合いには時間がかかるものと、友五郎は予想していた。だから、建言書について、何ヵ月も返事がないにもかかわらず、それほど焦りも苛立ちもしなかった。

沙汰があるまで、手をこまねいていたわけではない。建言書でだめなら、実際に見てもらおうと考えた。百聞は一見にしかず、だ。

友五郎は、操練所の教授方や手伝に声をかけて、蒸気船の模型を作ろうと考えた。

最初に声をかけたのは、咸臨丸の蒸気方だった肥田浜五郎だ。

友五郎の話を聞くと、肥田は腕組みをして言った。

「雛型と実物は違いましょう」

「いい加減に作った雛型は役に立ちません。しかし、正確な縮尺で作ったものは、実物と同じ意味があると思います」

「正確な縮尺。その計算は誰が……？」

「私がやります」

それを聞いて、肥田はようやく納得した様子だった。

「小野さんの計算なら、間違いはないでしょう」

「機関の重量なども、正確な割合で縮小する必要があります。ですからその重量を、肥田さんにお教えいただきたい」

「承知しました。それで、小野さんの計算を元に、実際に船の構造を設計するのは……？」

「春山弁蔵《はるやまべんぞう》に声をかけました」

「ああ、伝習所の一期生ですね」

春山は、かつて浦賀奉行組同心で、肥田が言うとおり、小野と同じく長崎伝習所の一期生だった。

「そうです。彼は船の構造に詳しい。それから、艤装《ぎそう》や船具については、安井畑蔵《やすいはたぞう》に、砲門については、沢鉄太郎《さわえいたろう》に頼もうと思います」

「おお、安井は私と同じ二期生です。沢は三期生ですね」

「伝習所で学んだ知識と技術をもってすれば、蒸気船の建造はかないます。それを、メーア島で確認しました」

「おっしゃるとおりです。では、すぐにでも取りかかりましょう」

「計算をする前提として、どんな船を造るかをまず考えなければなりません」

「そりゃそうですね」

「私は、汽帆併用の砲艦を考えています。装備する大砲は、三十斤長カノン砲一門です」

「機関出力は三十馬力ほどですね」

「はい。役に立つ雛型を作るためには、帆や索具などすべての道具の重さを知り、それを縮尺に合わせて計算しなければなりません」

「なるほど、船の寸法だけではなく、あらゆる部分の重さも計算しなければならないのですね」

「そうでなければ、雛型は実物と同じ動きをしてくれませんからね」

「わかりました。機関の重さは早急に割り出しましょう」

「お願いします」

友五郎は、浮心・重心・帆心といった船の重要な要素を算出しなければならなかった。また、排水量と喫水の計算も必要だ。

さらに、荒れた海での復元力についても考えなければならなかった。

春山、安井、沢の三人は、友五郎と肥田が話をすると、すぐに理解し、ぜひ計画に参加したいと言ってきた。

友五郎は、彼らが断ることなど考えてもいなかった。彼らが参加することを前提として計画していたのだ。

長崎伝習所で学んだ造船の知識を活かす、またとない好機なのだ。

友五郎の基本設計を待ち、春山が船体の設計図を起こす。同時に、安井がその設計図をもとに、大小の帆や索具などの道具類すべての重さを調べた。

それを、友五郎が縮尺に合わせて換算した。乗組員の体重までをも考慮して、計算した。乗組員一人当たり十六匁《もんめ》だ。その重りを船内の各所に配置する予定だった。

それを知った肥田は驚いた顔をした。

「人間の重さまで計算するのですか？」

「言ったでしょう。そうでないと、実際の船と同じ振るまいはしてくれないと……」

「やはり、小野さんのやり方は徹底してますね」

「でなければ、雛型とは言えません」

すべての計算が終わったのは、夏の盛りの頃だ。それをもとに、部品を作り、組み上げていく。

作業は軍艦操練所で行われた。

「本物の船を作るつもりでお願いします」

友五郎は、春山に言った。彼はこたえた。

「任せてください。私はそのために努力してきたのです」

春山は造船専攻として伝習所に入ったのだ。凝り性の彼は、九ヵ月留年して、みっちりと職方としての腕を磨いたのだった。

実際、春山はその言葉どおりの働きをしてくれた。彼のおかげで、友五郎が思い描いていた船の雛型が、現実のものとなって組み上がっていった。

軍艦の雛型を作るのと同時に、友五郎はもう一つのことを考えていた。

江戸湾の総合的な海防計画だった。

列強の動きは最早無視できないものだった。

英国が中国に対して阿片《アヘン》戦争を起こした。さらに英国はインドを植民地化した。ロシアも、中国からウスリー江東岸を奪った。フランスはサイゴンを占領、カンボジアを保護国とした。

対岸の火事と言ってはいられない。江戸湾の防衛計画は急務だと、友五郎は感じていた。

そこで、軍艦の雛型を作るための人材を集めたように、江戸湾海岸線と深浅の測量のための集団を作ることにした。

友五郎は、軍艦操練所航海科の教官と生徒の中から七人の人材を選んだ。そして、友五郎自身も参加して、さっそく測量を開始した。

公儀の命令があったわけではない。友五郎の立場はあくまでも操練所教授方でしかない。ただ、やらなければならないという気持ちに突き動かされたのだ。

どんな障害があるか、誰が抵抗するか、といったような心配は一切しない。ただ、やるべきと思ったことをやるだけだ。

友五郎は、サンフランシスコで、緻密な港湾図を見ていた。あれと同じものが江戸湾にも必要だと考えていた。

測量船には、操練所に配備されていた君沢形スクーナーを使った。

船上で、生徒たちに測量の指揮を執っている折、教授方手伝の荒井郁之助《あらいいくのすけ》が友五郎に言った。

「先生は、メリケンの港を実際にご覧になったのですね？」

「はい。サンフランシスコにいる頃、アメリカの測量船アクチブ号に乗って、湾口部を周航しました。フォート・ポイント砲台、アルカトラズ島砲台などを見てきました。その守りは堅い。それに比べて、江戸湾はまったくもって無防備です」

「江戸湾の守りを堅固にするためにも、正確な港湾図が必要なのですね」

「江戸湾は浅く、船が航行できる水路は限られています。その水路に侵入してくる外国船に、十字砲火を浴びせるような砲台が必要でしょう」

淡々と語る友五郎の言葉に、荒井は目を丸くした。

「小野先生の頭の中にはすでに、海防計画ができあがっているのですね？」

「できあがっているも何も……」

荒井は何を驚いているのだろうと思いながら、友五郎は言った。「必要な要素を組み上げていけばいいだけのことです」

「はあ……」

荒井が困ったような顔をした。「簡単におっしゃいますが、それがなかなかできません」

「なぜできないのでしょう？」

「いやあ、江戸湾を守るなんて、規模が大きすぎて、考えが及びません」

「大きくても小さくても同じことですよ」

「そう言えば、先生は、軍艦の雛型を作られているとか……」

「そう。ちゃんとした雛型が作れれば、本物の軍艦も造れます。一気に大きな物を作ろうとするから、どこから手を着けていいのかわからなくなるのです。ただ、理屈を積み上げていけばいいのです」

「理屈を積み上げる、ですか」

「そうです。正確な港湾図があれば、紙の上だけでも海防計画を練ることができるのです。それが理屈というものです」

「それでは、絵空事になってしまいませんか？」

「だからこそ、正確な測量が必要なのです。それで得られた数字は嘘をつきません。ですから、絵空事になどならないのです」

荒井の表情がたちまち引き締まった。

「測量の大切さを改めて知った思いです。それをぜひ、稽古人たちに話してやってください」

「そういうことは、あなたにお任せします」

友五郎は、測量をしている生徒たちの姿に眼をやった。

どうにもぎこちなくて、心許ない。だが、誰もが真剣な様子だ。手を抜いている者などいない。

これならばきっと、確かな測量値を期待できる。友五郎はそう思った。

十一月の寒い日、友五郎は二人の軍艦奉行、木村摂津守と井上信濃守《しなののかみ》から呼び出された。江戸城に赴くと、木村摂津守に言われた。

「蒸気軍艦建造の建言書についてだが……」

「は……」

「なかなか話が進みません。このまま返事もせぬまま日が過ぎるのは、蛇の生殺しのようで、あなたにも申し訳ないと思いまして……」

井上信濃守が言った。

「このご時世、金のかかることに、老中たちはあまりいい顔をしない」

井上信濃守も、時折操練所にやってくるので、見かけたことはあるが、話をするのは初めてだった。

あまり乗り気ではないなと、友五郎は思った。木村摂津守も井上を説得しきれずにいるのだろう。

事態をそう読んで、友五郎は言った。

「実際にご覧にいれましょう」

二人の軍艦奉行は、きょとんとした顔になった。

木村摂津守が尋ねた。

「何を、見せようとおっしゃるのですか？」

「軍艦の雛型を作っております」

「ああ、そのことは存じております。それが……？」

「この雛型は実物を正確に縮小したものですので、水の上で実物と同じ振るまいをします。装備や乗組員の重さも考慮してあります。ですから、雛型を実際に水に浮かべることで、実物のことをご理解いただけるでしょう」

木村摂津守と井上信濃守は顔を見合わせた。

井上信濃守が友五郎に言った。

「雛型など、童子のおもちゃではないのか？」

「正確な縮尺で作られて、あらゆる部分の重量を換算された雛型は、理屈の上では実物と変わりません。それを作ることができれば、実物も作れます」

「では、実際に水に浮かべて、どのようなことになるか、見せてもらおうか」

「承知しました」

話し合いが終わり、友五郎が廊下に出ると、木村摂津守が追ってきた。

「小野殿、だいじょうぶですか？」

「だいじょうぶ？　何がでしょう？」

「雛型のことです。これが失敗に終わったら、軍艦建造の件は、なかったことになります」

「やってみなければわかりません」

「なんと……」

「雛型はまだ完成しておりませんので、水に浮かべたことがないのです」

「一か八《ばち》かということですか……」

「計算に間違いはありません。ですから、きっとだいじょうぶです。井上様のご理解も得られると思います」

「わかりました。私は小野殿を信じております」

友五郎は礼をして、その場を去った。

十二

雛型が完成したのは、それから五日後のことだった。実長の二十分の一（容積八千分の一）なので、雛型といえどもかなり大きい。それを実際に浮かべるために大きな水槽を用意しなければならない。

操練所では、何日もかけて水槽の準備をしていた。今そこに海水を満たしている。

雛型製作にたずさわった肥田、春山、安井、そして沢は、皆緊張の面持ちだった。

友五郎は彼らに言った。

「心配することはありませんよ。計算は確かですから、きっと計画どおりにいきます」

肥田がこたえた。

「しかし、事前に試してみる時間もないとは……」

「一刻も早く、お奉行たちにご覧いただきたかったのです」

「小野さんは、意外とせっかちですね」

そうかな、と友五郎は思った。これまでせっかちだと言われたことはなかった。だが、言われてみると、思い当たる節もある。

そのとき、軍艦奉行一行がやってきたという知らせがあった。

木村摂津守と井上信濃守を先頭に、総勢十人ほどの集団がやってきた。与力や同心たちだろう。

木村摂津守が友五郎に言った。

「雛型が完成したのですね」

「はい。あちらに……」

「では、拝見しよう」

友五郎は、雛型のもとに、軍艦奉行一行を案内した。井上信濃守が言った。

「思ったより、ずっと大きなものだな……」

友五郎がこたえる。

「実物は長さがこの二十倍の想定です」

「それで、何を見せてくれるんだ？」

「まずは、喫水をご覧いただきます。設計では、喫水は舷側の下三分の一ほどの位置になります。これからその線を船体に書き込みます」

「それで……？」

「実際に水に浮かべてみて、喫水がその線と一致するなら、雛型はまったく設計通りということになります。あとは、二十倍の長さの艦を造るだけです」

井上信濃守は、「ふん」と鼻を鳴らしてから言った。

「なら、さっさとやってくれ」

友五郎は、計算により割り出した喫水の線を船体に書き込んだ。

そして、ついに雛型がゆっくりと水槽に下ろされた。ぎしぎしと木材がこすれる音が聞こえてくる。

まさか、水に浮かぶ前にばらばらになったりはしないだろうな。

落ち着いているつもりの友五郎だったが、咄嗟にそんなことを考えていた。

雛型は水しぶきを上げた。水面でゆらゆらとゆれている。やがて、波が収まると、雛型は水面で安定した。

「おお、見よ……」

木村摂津守が言った。「水面の高さが、小野殿が描いた線とぴたりと一致したではないか……」

周囲の同心たちも、感嘆の声を上げる。

井上信濃守は、何も言わず、黙って水槽を見つめていた。

友五郎は言った。

「次に復元力が計算通りかどうかを試験します」

木村摂津守が尋ねる。

「どうやって確かめるのです?」

「台風並の風が吹いたという想定で、船を横から棒で押し倒してみます」

「なるほど……」

操練所の生徒たちが三本の棒を並べて、横から雛型を突いて揺らした。船体は横倒しになりそうな状態から、見事に立ち直った。

友五郎は説明した。

「これだけの復元力があれば、暴風の中でもだいじょうぶです」

その様子を見ていた同心たちがまた、「おお」と声を上げる。

木村摂津守が言った。

「これは見事なものです」

井上信濃守が言う。

「だが、これはあくまでも雛型だ。実物がこうなるとは限るまい」

それに対して、友五郎は言った。

「実物も間違いなく同じ結果となります。この雛型は、実物の設計と同じ浮心、重心、帆心で作られていますので」

それから、二人の軍艦奉行は何事か小声で話し合っていた。

友五郎は水槽試験の結果に満足していた。これ以上はないというくらいにうまくいったと思った。

水槽試験を見て、軍艦奉行たちがどう判断するかはわからない。彼らにゆだねるしかないのだ。

木村摂津守が友五郎に言った。

「この結果を持ち帰り、検討したいと思います」

友五郎は黙って礼をした。

その結果が出たのは二ヵ月後、翌万延二年（一八六一年）一月のことだった。小型蒸気軍艦の建造が正式に承認され、友五郎がその責任者を命じられたのだ。

友五郎は、雛型を作ったときの人材を中心に、実物の軍艦造りの集団を構成した。造船は、江戸の石川島《いしかわじま》で行われる。

友五郎は、知らせを受けて、さっそく肥田に会って言った。

「此度の軍艦建造にあたり、考えていることがあります」

肥田が聞き返す。

「何でしょう？」

「外国人の手を一切借りないということです。これまで、国内で軍艦を建造する際には、必ずオランダ人やロシア人の助けを借りていました。それでは意味がありません。日本人にも蒸気軍艦が造れることを証明しなければなりません」

肥田はうなずいた。

「私も同感です」

「そこで問題となるのは、機関です。石川島には、機関を作るための工作機械がありません。製鉄所もない」

「私は長崎に行きましょう。長崎製鉄所ならば、五十馬力までの機関を作ることができます」

「それしか方法がありません。ご苦労をおかけしますが」

「何が苦労なものですか。私は楽しみで仕方がありません」

「私もです」

「雛型をそのまま二十倍にしたとして、軍艦としては小型ですね」

「運用を考えてのことです」

「運用……？」

「この船は、江戸湾防衛のためのものです。砲台と組で考えています」

「ほう」

「江戸湾には少なくとも二門の砲台が必要です。それと同時に、小廻りが利き、足の速い軍艦が必要なのです」

「なるほど、新造軍艦は、小野さんの頭の中にある海防計画の一環なのですね。いや、恐れ入りました。小野さんの中では、何もかもが結び付いているのですね」

「何もかもが結び付いているわけではありません。ただ、足し算をしているだけです」

「足し算を……」

「世の中の基本は足し算だと思います。船の建造がそうでしょう。一気に大きな物を造ろうとしても無理です。小さな部品を足し上げていけば、結果的に大きな船になるのです」

「理屈はそうですが、世の中そうそう理屈どおりにはならないでしょう」

「理屈どおりにならないものなどありません。もし、うまくいかないことがあったら、どこかで理屈が間違っているのです」

「小野さんがそうおっしゃるのなら、きっとそうなのでしょうね」

「間違いありませんよ」

「ともあれ、私は長崎で機関を作ってきます。三十馬力の機関でいいのですね？」

「はい」

「任せてください。日本人だけで立派な蒸気軍艦を造りましょう」

　家に戻った友五郎は、すぐに軍艦の基本設計に取りかかった。そのために、さまざまな計算が必要だったが、雛型を作るときにやった計算が応用できる。

仕事をしていると、妻の津多の声がした。

振り向くと、戸口に津多がいた。

「何度か声をかけたのですが……」

「あ、そうですか。計算に熱中していて気づきませんでした」

「今度は雛型ではなく、本物の船を造るのですね」

「そうです。東京湾の測量も早いところ終わらせなくてはなりません」

「夕餉の仕度ができておりますが」

「もうそんな刻限ですか。すぐに行きます」

津多はうなずいた。その顔を見て、友五郎は、おや、と思った。なんだか顔色がすぐれない。

「どうかしましたか？」

「どうか、とおっしゃいますと……？」

「なんだか顔色が……」

「別に何ともありません」

「そうですか」

「汁が冷めますので、お早く……」

「わかりました」

友五郎は仕事を中断することにした。

夕食をそそくさと済ませると、また部屋に戻って仕事を続けた。雛型の設計をつぶさに見直しているうちに、江戸湾の防御のための船としては、そぐわない部分があることに気づいた。

設計に少し手直しが必要かもしれない。

どこをどう変更すべきか。そうなると、どういう計算が必要か。一つひとつ検討しているうちに、すっかり夜が更けた。

また津多がやってきた。

「どうしました」

「すみません。疲れましたので、先に休ませていただきます」

「ああ、私のことは気にせずに……」

津多は寝所に行ったようだった。

友五郎は、机上の図面と計算式に没頭していた。

三月になり、江戸湾の測量が終わろうとしていた。これで、西洋式の港湾図ができる。友五郎がそう思っていた矢先、公儀から、「江戸湾を守るための砲台の位置を検討せよ」という命を受けた。三月二十九日のことだ。

それについて、操練所で木村摂津守と話をした。

「軍艦造りに追われているときに、また新たな任務で、たいへんなことと思います」

木村摂津守にそう言われて、友五郎はこたえた。

「いいえ、軍艦も江戸湾防御の一環と考えておりますので、問題ありません」

「とはいえ、小野殿の体は一つです」

「もとより、一人でできる仕事だとは思っていません。熟練した専門家が集まっています。私は指示していればいいのですから、楽なものです」

「そう言ってのけられるのは、小野殿だけでしょうね」

「江戸湾の測量もじきに終わりますので、ちょうどよかったのです」

「その測量の件ですが、私はかねてから、ご公儀の仕事としてやるべきだと考えていました。ですから、その結果を正式なご公儀のものとして追認するよう働きかけるつもりです」

「それは願ってもないことです」

「建造する軍艦も江戸湾防御の一環と言われましたね？」

「そうです。海防は砲台と軍艦を合わせて総合的に考える必要があります。軍艦は、移動砲台と位置づけるのです」

「なるほど……。すでに小野殿の頭の中では、砲台の位置も決まっているようですね」

「想像だけでは役に立ちません。測量や地盤の検査が終わらないと、確かなことは申せません」
「小野殿にお任せすれば、安心です」
「恐れ入ります」

友五郎は、江戸湾測量の残りの作業を進めつつ、砲台の位置決定の準備を進めた。四月に江戸湾実測図が完成し、砲台に関する測量・調査のための人選を始めた。操練所航海科の荒井郁之助と甲賀《こうが》源吾《げんご》、砲術科の沢鍈太郎をその任に当てることにした。

沢は雛型作りに従事したし、その後も軍艦建造のために働いていた。荒井とは共に江戸湾測量をした。いずれも気心が知れた仲間だった。

今回は測量だけではなく、掘削して土壌の調査もしなければならない。砲台を設置するのに適した土地かどうかを判定しなければならないからだ。

五月に江戸湾口に旅立つことになっていたので、友五郎は準備を進めた。……といっても、実際に旅支度をするのは、妻の津多だ。

友五郎は、自宅に戻っても机の上の船の図面や海図にかじりついており、計算に夢中だった。

持っていく物を確認するために、津多に声をかけようとした。居間に行くと、津多が苦しそうにしている。

友五郎は驚いて尋ねた。

「どうしました？」

「いえ、何でもありません」

「何でもないということはないでしょう。そう言えば、以前から顔色が悪かった。疲れたと言って早く休んだこともありましたね」

「休めば楽になりますから……。それより、仕度をしなければ……」

「そんなことを言っているときですか。すぐに横になってください。今、医者を呼びに行かせます」

「いえ、だいじょうぶです」

「だいじょうぶではありません。具合が悪いときは養生する。それが最優先です」

友五郎は、使用人に布団を敷かせ、医者を呼びに行かせた。

津多は、逆らう気力もなくした様子だった。おとなしく布団に入った。

しばらくすると医者がやってきて、診察を始めた。

友五郎は、ただその傍らに座っていた。何もできないということが、何より辛かった。自ら率先して問題を解決する。それが友五郎のやり方だった。

正しい理屈に従えば、解決できない問題はない。そう考えていたのだが、身内の病気となると話は別だ。

医者に任せるしかない。

やがて、診察が終わり、医者と友五郎は別室に移動した。

「いかがですか?」

そう尋ねる友五郎に医者が言った。

「かなり弱っておいでです。ずいぶん長いこと患っておられましたね」

「たしかに具合が悪そうでしたが……」

「心の臓が弱っておられます。薬を出しておきますので、朝晩お飲ませください。安静になさいますように……。くれぐれもご無理は禁物です」

「わかりました」

医者が帰ると、友五郎はさっそく津多に薬を飲ませた。

津多が言った。

「すみません。少し休んだら、旅の仕度を続けますので……」

「旅の仕度などもってのほかです。医者は安静にと言っていました。それにもう、旅の仕度は必要ありません」

「必要ない……?」

「病の奥を置いて旅に出ることなどできません」

「なにをおっしゃいます」

津多が身を起こした。

「あ、これ。寝ていなくてはいけません」

布団の上で正座すると津多は言った。

「ご公儀のお仕事をおろそかにすることは許されません」

「家族が病とあれば、仕方がないでしょう」

「私のせいで、ご公儀のお役目が果たせなかったとなれば、私は生きてはおられません。自害いたします」

友五郎はすっかり驚いてしまった。普段おとなしい津多の言葉とも思えなかった。

友五郎が黙っているので、津多が続けて言った。

「私はそれくらいの覚悟でおります。ですから、あなたにも覚悟をお決めいただきとうございます」

その言葉に押され、友五郎はぽかんとして言った。

「わかりました。それでは、私は覚悟を決めて富津《ふっつ》と観音崎《かんのんざき》に出かけることにします」

「それで、よろしいのです」

「ただし、仕度は自分でしますので、安静にしていてください」

上総《かずさ》の富津と、相模《さがみ》の観音崎は、江戸湾の入り口である浦賀水道を挟むように突き出ている。

江戸湾防衛の拠点であることは、子供にもわかる。ここに砲台を作るというのは、誰でも考えつくことだ。

しかし、実際にどの地点に設置するかは、実測をして精査しなければ決めることはできない。それが、今回の友五郎の仕事だ。

友五郎一行は、五月二十六日から富津で測量を開始した。さらに、富津の長洲はどれくらいの重量に耐えられるのかを確かめる必要があり、錐を打ち込んで岩盤の厚さを調査した。

友五郎は、そのための特別な機械を、あらかじめ作らせていた。

測量は友五郎自ら行った。荒井や沢らは、友五郎が期待したとおりの働きをした。

六月六日のことだ。井上信濃守軍艦奉行が視察にやってきた。

何しに来たのだろうと、友五郎は思った。わざわざ遠くまでやってくることはない。江戸で待っていればいいのだ。軍艦奉行が来たからといって、作業が進捗するわけではない。

自分が仕事をしているということを、老中たちに示したいだけなのかもしれない。

井上軍艦奉行の思惑など、どうでもいい。またとない機会なので、かねてから考えていた、江戸湾防衛の構想を詳しく話して聞かせることにした。

すでに木村軍艦奉行には話している、最低二基の砲台と、移動砲台としての機動性の高い新型軍艦の組み合わせという案だ。

最初は、面倒臭そうに話を聞いていた井上だったが、次第に友五郎の話に引き込まれた様子だった。

話をすべて聞き終えると、井上軍艦奉行は言った。

「この湾口だけでなく、品川にも砲台が必要だというのだな？」

「ここで侵入を防げればそれに越したことはありませんが、それがかなわぬ場合もございます。二重、三重の備えが必要です」

「建造中の蒸気軍艦は、その案に合わせて設計しておるのか？」

「それが最も理にかなっていると存じます」

井上軍艦奉行は持っていた扇子で、ぽんと膝を叩いて言った。

「よい案だ。それで進めてくれ。軍艦の設計も、それでよかろう」

肩透かしを食らったように感じ、友五郎は思わず聞き返した。

「本当によろしいのですか？」

「雛型の水槽実験のときから、私はそのほうを信頼しておる」

友五郎は頭を下げた。

「恐れ入ります」

「ときに、対馬の話を聞いておるか？」

「ロシアの軍艦のことですか？　たしか、ポサドニック号でしたか」

「左様。いきなり対馬にやってきて、牛は盗むわ、婦女子に手を出そうとするわ、好き勝手やっておる」

「ロシアの南下政策ですね。対馬を手に入れたいのでしょう」

「外国奉行の小栗豊後守が咸臨丸で対馬に赴いて、ロシア側と交渉をしたが、どうにもならんようだ」

「小栗さんですら解決できませんか……」

「ことほど左様に、列強からの脅威が迫っている。作業を急げよ」

なるほど、井上信濃守は、対馬を占領しようとするロシアの軍艦の動向を知り、矢も楯もたまらずやってきたということらしい。

「心得ました」

友五郎は、対馬の小栗豊後守のことを思いながら、そうこたえた。

十三

友五郎は、富津の測量と地質調査を進めながら、対馬に赴いたという小栗豊後守のことを考えていた。

御家人でもない友五郎が長崎伝習所に行けたのは、小栗豊後守のお陰だった。そして、算術の指南のために何度か邸宅に招かれた。

友五郎より十歳下で、万次郎と同じ年だが、向こうは安祥《あんじょう》譜代の旗本だ。身分は友五郎よりはるか上だ。それでも、親しく接してくれる。

共に海を越えてアメリカに赴いた仲だが、小栗豊後守は正使節団として、ポーハタン号に乗っていたので、旅先ではほとんどが別行動だった。

その折りに彼は、アメリカと日本の貨幣価値を平等にするように交渉したそうだが、貨幣の金・銀の含有量などについて詳しく主張できたのは算術の知識があったからだ。

友五郎は小栗豊後守の役に立ててよかったと思っていた。

その小栗豊後守が、対馬でロシアのニコライ・ビリリョフ海軍中佐と交渉したが、うまくいかず、江戸に引き返したのだという。対馬の尾崎浦《おざきうら》に投錨《とうびょう》している軍艦の名前はポサドニック号だ。

不凍港を手に入れることはロシアの悲願だ。だから、簡単に対馬から引きあげはしないだろう。

江戸に戻った小栗豊後守は、老中に以下のように提言したという。

対馬を公儀の直轄地とすること。

ロシアとの折衝は、正式の外交形式で行うこと。

国際世論に訴えること。

だが、老中はそれを聞き入れなかったという。

井上軍艦奉行からそれを聞いた友五郎は、啞然とした。

現地に派遣して交渉をさせた者の意見を聞き入れないなんて、ご公儀はいったい何を考えているのだ。

まったく理屈が通らないのであきれてしまった。

友五郎が知る限り、列強の人々との交渉において、小栗豊後守ほど頼りになる人物はいない。だからこそ、公儀は彼を対馬に遣わしたのだ。

その小栗豊後守が現地で知ったことと感じたことをもとに提言した。それは極めて貴重な意見だ。そこに解決策があると考えるのが普通だろう。

老中はいったい何を考えているのか……。こんなことをしていたら、日本はたちまち列強に支配されてしまうぞ。

小栗豊後守の心中を察すると、思わず溜め息が出た。

いくら小栗豊後守のことで気を揉んでも、富津にいる限り、どうすることもできない。いや、江戸にいても何もできないだろう。

今自分ができることを精一杯やるしかない。友五郎は自分にそう言い聞かせて、淡々と作業を進めた。

富津の測量と地質調査が完了したのは、六月下旬のことだった。自宅に戻った友五郎は、まず津多に尋ねた。

「大事ないですか？　具合はどうです？」

「だいじょうぶですよ」

「そうですか？　なんだか痩せた気がしますが……」

「気のせいでしょう。それより、お仕事のほうはどうです？」

「有能な者たちばかりだったので、万事うまくいきました」

「それはよろしゅうございました」

「ご公儀に提出するために、すべての調査結果をまとめなければなりません。すぐにもかかりたい」

「旅から戻られたばかりじゃないですか。少しお休みになってはいかがです?」

「休むのは津多のほうです。安静にさせるようにと、医者に言われました」

「私は本当にだいじょうぶです」

「そうですか。では、さっそくまとめに取りかかります」

友五郎は、本当にそのまま仕事を始めた。疲れているのはたしかだが、一刻も早く報告書を完成させたかった。でないと、せっかく集めた測定値の活きが下がるように感じていた。

もちろん、測定値に変化があるわけがない。だが、記録した数値や絵図についての記憶が薄れると、いったい何を記録したのかわからなくなる恐れがあった。忘れることはないとしても、数値に対する現実味が薄れる。友五郎はそれを恐れ、気が急いているのだ。

そして、江戸の防衛は急務だと思っていた。一刻も早く、そのための測量報告をしなければならない。

連日、友五郎は机にかじりつき、おびただしい数値や図表、地図、地形の見取り図などと格闘していた。

瞬く間に日が過ぎて、七月になっていた。ここしばらく、友五郎は軍艦操練所には行かず、自宅で作業をしていた。

そんなある日のこと、また笠間当主・牧野越中守の屋敷から使いの者がやってきた。友五郎が用向きを尋ねても、使いの者はただ、「屋敷にお越しくださるように」としか言わない。

富津の測量報告書を作成する作業を中断したくはなかった。だが、牧野家のお屋敷からの呼び出しとあれば従わないわけにはいかない。

公儀の仕事にかかりきりだったが、友五郎は牧野家の家来なのだ。

そのまま出かけようとした友五郎に、津多は着替えるように言った。

「着替え？　このままでいいでしょう」

「お殿様にお目通りすることになるやもしれません」

「殿に……？」

たしかに屋敷に来いと言うのだから、その可能性はある。津多に言われるままに、正装をすることにした。

使いの者はその間、ずっと無言で待っていた。

「お待たせしました」

着替えを済ませた友五郎は、使いの者とともに、牧野家屋敷に向かった。

「すぐに、殿に拝謁だ」

江戸家老にそう言われて、津多の言うとおりにしてよかったと思った。

前回と同様に、友五郎は謁見の間でひれ伏していた。やがて、「殿のお成り」の声がする。

衣擦れの音。そして、声が聞こえた。

「小野友五郎。面を上げい」

「は……」

友五郎は顔を上げた。

牧野越中守は、にこにこと笑っている。

ずいぶんとご機嫌がよろしいが、何かよいことがあったのだろうか。友五郎はそう思って、殿の言葉を待った。

「此度はまことにあっぱれだ。余も鼻が高いぞ」

「は……」

訳がわからず友五郎は再びひれ伏す。

「そんなにかしこまらずともよい。もう、そちは余の家来ではなくなるのだ」

友五郎は顔を上げ、きょとんと牧野の殿様の顔を見つめた。それが失礼な行為であることも、しばし忘れていた。

「なんだ、妙な顔をしおって」

「はあ……。訳がわかりませんので。私は暇を出されるということなのですか？　何か落ち度がありましたでしょうか？」

「ん……？　聞いておらんのか？」

「何を、でございましょう」

「なんだ。家老たちは、まだ伝えておらんのか。しょうがないな……。そちはな、これからは旗本・御家人の仲間入りだ」

「は……？」

「ご公儀に召し抱えられたということだ。まことにめでたい」

再び友五郎は、きょとんとした顔になった。牧野家の家来でしかない自分が、どうして旗本・御家人になれるのか……。まったく訳がわからなかった。

「それは……」

「何じゃ？」

「それは、理屈が通りません」

「理屈が通らんだと？」

「はい。私はお殿様の家来です」

「もちろん、そうだったが、思えば、そちは九年前に足立天文方に出役して以来、ずっとご公儀の仕事を続けて参った。さらに四年前に、軍艦操練所教授方になってからは、わが国許は退切《ひきぎり》だったではないか」

退切とは休職ということだ。

友五郎はまたひれ伏した。

「申し訳ございません」

「責めておるのではない。それだけ、そちが優秀でご公儀のお役に立てたということだ。だから、旗本・御家人としてお召し抱えということになったわけだ」

「私は、できることをやっただけです」

「咸臨丸で、メリケンへ渡り、無事に帰って来た。聞けば、最近、軍艦を造っておるというではないか」

「はあ……。それが私の使命と存じております」

渡米も軍艦操練所の教授方に就任したのも、長崎伝習所に行けたからで、何もかもが、小栗豊後守のお陰ということになる。

そのとき、友五郎は、はっと気づいた。

「小野家はどうなりましょう。お殿様の家臣ではなくなるということは、家が絶えるということですね」

「そうなるな」

「それは困ります」

「余も小野家が絶えるのは残念だ。江戸家老にでも相談いたせ」

「は……」

「いずれにせよ、めでたいことだ。今後ともご公儀のために励めよ」

「心得ました」

友五郎は手をついた。

殿が退出する音が聞こえる。

江戸家老の声が聞こえた。

「小野殿、もうよいぞ」

友五郎が顔を上げると、江戸家老がさらに言った。

「さて、そこもとも申していたが、お家のことだ」

「はい」

「絶えるのは困るのだな？」

「お殿様もそうおっしゃっておいででした」

「そうだな……」

江戸家老は腕組みした。「そこもとには子がなかったな」

「はい。それで、兄の子の松之助を養子にしております」

「その松之助は何をしておる」

「まだ、厄介です」

「では、その松之助を殿に召し抱えていただこう。そうさな……、馬廻り、十五人扶持というところでどうだ？　そうすれば家名を残せる」

「願ってもないことです。ありがたき幸せです」

「笠間としても、そこもとと縁が切れるのは避けたい。殿もそうお考えのはずだ。では、そのように取り計らおう」

友五郎は、江戸家老に何度も礼を言って、牧野家屋敷をあとにした。

友五郎のご公儀での正式な身分は小十人格・軍艦頭取だ。小十人というのは、御目見得以上なので旗本だ。だが、切米は百俵しか支給されず、これは御家人並だ。いくら俸給が安かろうが、旗本は旗本だ。妻の津多も、おおいに喜んでくれた。

「旗本ならば、あなたもお殿様ですね」

「殿様など、とんでもない。私は今までと変わりありません」

「今までのように、操練所に行ったり行かなかったりという気ままな生活はできなくなりますね」

「どうでしょうね……」

「登城しなくてはならないでしょう。ちゃんとしたお召し物も必要ですね」

「ああ、そういうことは任せます。しかし、軍艦頭取ですから、今までと変わらず操練所で働くのかもしれません」

「その軍艦頭取というのは、どういうものなのです？」

「要するに軍艦の船主ですね」

「船主ですか……」

「エゲレスやメリケンの言葉ではコマンディングリューテナントに当たると思います」

「はあ……。何のことかよくわかりませんが、軍艦に乗って指揮を執るのなら、あなたに適役ではありませんか」

「どうでしょう。まったく実感が湧きませんが……」

「軍艦と言えば……。その後、軍艦の新造はどうなったのですか？」

「肥田さんが、長崎で機関部を作ってくれています。雛型を元にした設計を、いろいろと見直さなければならないのですが、今は富津の報告書が先決です」

「旗本になっても、やることは変わらないのですね」

「それはそうです。ご公儀は、私のこれまでの働きを見て、取り立ててくださったのです。つまり、これからも同様に働けということです」

「無理をなさって、お体を壊しませんように」

「それは、こちらの台詞《せりふ》です。できるだけ安静にしていてください」

七月の暑い日、昼頃に城から戻り、富津調査の報告書作成を続けていると、津多がやってきて告げた。

「小栗様のお屋敷からお使いが……」

用向きを尋ねると、小栗豊後守が友五郎に会いたいと言っているらしい。友五郎は、すぐに屋敷に駆けつけた。

「おお、小野殿」

小栗豊後守は、玄関まで出て来て言った。「お呼び立てして申し訳ありません」

「お奉行から呼ばれたら駆けつけるのが普通です」

「同じ旗本ではありませんか」

「いや、お奉行とは格が違います」

「私は外国奉行を辞めましたよ」

友五郎は目を丸くした。

「辞めた……？」

「まあ、とにかくお上がりください」

座敷に移ると、小栗豊後守が言った。

「対馬での経緯についてはお聞き及びですか？」

「あらかたうかがっております。対ロシアの提言を、受け容れられなかったということですが……」

「最善の策と考えての提言です。それが認められないとなれば、手の打ちようがありません。外国奉行として責任を負いかねます。ですから、辞めました」

「お奉行……、いえ、豊後守殿のおっしゃりようは、実に理にかなっております」

「かといって、日本を放り出したわけではありませんよ。実は、小野殿に相談したいことがありまして……」

「ほう、どんなことでしょう」

「軍艦を建造中でしたね」

「はい」

「そのための技術は、すでに持ち合わせているとか……」

「技術は持っています」

「では、不足しているものは？」

「資材ですね。具体的に言うと鉄です。そして、その鉄を加工する工場です。機関を作るのに、肥田浜五郎さんに、わざわざ長崎まで行ってもらうことになりました」

小栗豊後守はうなずいた。

「外国奉行をやっているときに痛感したのは、日本にやってくる列強の軍艦の威圧感でした。軍艦の大きさや数は、そのまま国の武力を物語っています。日本は、自前で軍艦を造って、どんどん増やさなければなりません」

「はい」

「そのためには、造船所が必要です」

友五郎は、たちまち話に引き込まれた。

「造船所には製鉄所が併設されていなければ意味がありません」

「無論です。私はそれを前提に考えております」

「しかし……」

友五郎が表情を曇らせると、小栗豊後守が言った。

「おっしゃりたいことはわかりますよ。役職もなくなった身で、どうして造船所が作れるのか、とお考えでしょう」

「はい」

友五郎は包み隠さずに言った。「絵に描いた餅では、どうしようもありません」

相手が小栗豊後守だと、こういうことも平気で言える。小栗にはそういう雰囲気があった。

「奉行でなくとも、製鉄所付き造船所建設の建言はできます」

「それはそうですが……」

「それに、私はいつまでもぶらぶらしているつもりはありません。ご公儀はきっと、私にまた何かの役職を与えようとするはずです。造船所建設に尽力できる役職なら受けようと思います」

「これからの日本には、ぜひともそうした造船所が必要になります」

「そこで、小野殿の出番なのです。そうした造船所をどこに建設すればよろしいか、お考えいただきたい」

友五郎は、すでに頭の中で建物の規模や、造船所に適した地形などを思い描いていた。

「長崎にはすでに製鉄所がありますが、大規模な軍艦の補修となると、上海《シャンハイ》や香港《ホンコン》まで行く必要があります。また、江戸湾の石川島の造船所も浦賀の補修所もあまりに規模が小さい……」

「おっしゃるとおり。ですから、江戸の近くに、大規模な造船所が必要なのです」

「場所の選定には時間がかかりますが……」

「もちろんそうでしょう。すぐにとは申しません。しかし、小野殿なら、必ずや最適の土地を選定してくださるものと信じております」

富津の調査報告書に加え、また仕事が増えた。だが、友五郎はやる気満々だった。

これは、私のやるべき仕事だ。

友五郎は、そう感じていた。

十四

友五郎は、できあがった「富津暗礁図」と、かつて作成した「江戸湾実測図」を添えて、復命書を完成させた。観音崎砲台・富津台場等の建設位置を選定せよというご公儀の命令に対する復命書だ。

この復命書は、八月十日に、木村摂津守軍艦奉行を通じて、ご公儀に提出された。

これで、軍艦の新設と小栗豊後守から言われた造船所に専念できると思った。

新造軍艦については、やらなくてはならないことが山ほどある。井上軍艦奉行に具申したように、新しい軍艦は江戸湾の防衛構想に組み込まれなければならない。

そのために、雛型から大幅な設計の修正が必要となった。長崎にいる肥田から機関についての精緻な数値が届き、それに従ってさまざまな計算をしなおさなければならない。

そうした問題を一つひとつ片づけていたのだが、十月二十九日に、「小笠原へ行け」という公儀からの命令が下った。

これは咸臨丸がやり残した仕事でもあった。アメリカからの帰路に調査に向かうはずだったが、それを諦めなければならなかった。

しかし、外国から江戸を守るためには、小笠原を日本の領土として確保しておく必要がある。

そのために、小栗豊後守を乗せた咸臨丸が対馬から戻るのを待ち、正式に小笠原派遣を決めたのだ。

水野《みずの》筑後守《ちくごのかみ》外国奉行を中心とする外国方が乗り組み、小笠原の回収・開拓に当たることになった。

友五郎は、軍艦頭取として乗艦することになったわけだ。

やれやれ、またしても軍艦新造の現場を離れなければならないな……。

友五郎はそんなことを思った。

かといって、その間作業を滞らせるわけにはいかない。友五郎は、留守中を赤松大三郎に任せることにした。

渡米したときから、大三郎を全面的に信頼していた。操練所の教授方にいる大三郎を助手として一ヵ月半石川島に派遣して、友五郎がやっていた基礎計算をやり直させることにした。

肥田と大三郎に任せておけば、軍艦新造の件は安心だ。造船所建設の件は、小笠原から戻ってから着手すればいい。

今一つ、気がかりなのは……。

「津多。またしばらく出張になりますが、くれぐれも体をいたわってください」

「余計なご心配はなさらずに、ご公儀の仕事に励んでください。津多は旗本の内儀ですから」

友五郎はほほえんだ。

「そうですね。では、あとのことは頼みました」

「お任せください」


水野外国奉行の一行を乗せた咸臨丸は、品川港を出た。文久元年《ぶんきゆう》（一八六一年）十二月四日のことだ。浦賀に寄り、食料・薪水《しんすい》を補給して、七日にまずは八丈島《はちじょうじま》を目指した。八丈島で小笠原への移住者を乗せる予定になっていたのだ。

出航してすぐに暴風雨にあった。いきなりの問題発生だったが、友五郎はこの航海についてまったく不安を感じていなかった。

自分自身の天測と航海術に自信を持っていたこともあるが、今回、中浜万次郎が同乗しているからだった。

嵐が去り、友五郎自ら天測してみると、咸臨丸はすでに八丈島の南東を通り過ぎていた。

「八丈島には寄れませんね」

背後からそう声をかけられた。万次郎だった。

友五郎は、振り向いて言った。

「仕方がありません。外国奉行にそう申し上げてきましょう」

友五郎は、水野外国奉行の船室を訪ね、報告をした。

水野筑後守は、青い顔をしていた。船酔いのせいかもしれない。

「引き返して、改めて八丈島へは向かえないのか？」

友五郎はこたえた。

「黒潮に乗ってずいぶんと流されましたので、引き返すわけにはまいりません」

水野筑後守は、しばらく考えていたが、やがて言った。

「そのほうが、そう申すのなら、いたしかたあるまい。このまま南下してくれ」

「承知いたしました」

「それにしても……」

「は……？」

「そのほうは、この船でメリケンまで行ったのだな」

「はい」

「先刻のような嵐にもあったのだろうな」

「行きは、もっとひどい嵐の連続でした。通弁方の中浜万次郎は、若い頃に漂流も経験しています」

水野筑後守は、うんざりした表情になった。

「まったく信じられんな。嵐の連続とは……」

「ご安心ください。この先は好天が予想されますので……」

水野筑後守が言った。

「私のことは、気にせずともよい。私とて、かつては軍艦奉行だったのだ」

「はい。では、失礼いたします」

船室を出ると、友五郎は再び甲板に出た。そこにはまだ、万次郎がいた。

「私はかつて、君沢形一番という船で、小笠原の父島を目指したことがあります」

万次郎のその言葉に、友五郎はうなずいた。

「島を見つけられずに、素通りしてしまったのですね」

「そうです。アメリカから出たフランクリン号が到達できたのに、ずっと近くから出発した君沢形一番が到達できませんでした」

「中浜さんの航海術は優れていますから、おそらく海図にある父島の位置が不正確だったのでしょう。今回の航海の目的は、そうした島の位置を正しく測定し直すことも含まれています」

「それは捕鯨の役にも立ちます」

「中浜さんは捕鯨のことをあきらめていないのですね」

「捕鯨は私の悲願なのですよ」

友五郎はうなずいて、万次郎と同様に水平線を見つめた。

この咸臨丸の小笠原派遣において、公儀は、二つの任務を命じていた。まず、水野外国奉行ら外国方には、小笠原を日本領土として回収することと、開拓することを、そして、友五郎ら軍艦方には、「伊豆国附島」の測量と海防に関する調査を下命したのだ。

友五郎は、この公儀の命令に従うために、まず父島・母島を越えて、北硫黄島《きたいおうとう》、硫黄島、南硫黄島まで咸臨丸を進め、その周辺の地形をつぶさに観察した。

友五郎は、島の形を見るだけで、その周辺に適当な水深の泊地があるかどうかがわかった。北硫黄島、硫黄島、南硫黄島の周辺にはそうした場所はないと判断し、測量を小笠原群島だけに集中することにした。

友五郎は、自ら父島とその周辺の群島の測量を行った。そして、母島とその属島の測量は、松岡磐吉らに任せた。

測量をしている友五郎のもとに、万次郎がやってきて言った。

「進み具合はどうです?」

「順調ですよ」

「おや、あそこで測量をしている若者は誰です？」

「あれは、豊田港《とよたみなと》と言います。操練所の生徒なのですが、とても優秀で、江戸湾の実測のときからずっと、手伝いをしてもらっています」

「ほう。小野さんのお眼鏡にかなうとはたいしたものだ」

「こうして、測量を任せていても安心です」

「小野さんの後継者が育つのはとても頼もしいことです」

「操練所はそのためにあるのです。ところで、外国方のほうはどうですか？」

「父島で、小笠原を領土とするための調査を開始しています。小笠原には、アメリカ人やイギリス人が住みついていますので、彼らとの折衝も必要となります。八丈島からの移民の準備もしなければならない。父島で年を越すことになるでしょうね」

「軍艦方の測量もまだまだかかります。ここで年を越すのは、もとより覚悟の上です」

「内地よりはずいぶんと暖かいので、そういう意味では楽な年越しとなりますよ」

結局、二人の言うとおりになった。一行は父島で文久二年（一八六二年）の正月を迎えた。そして、二月十日に母島に移動。二十六日には、作業を終えて父島に戻った。

千秋丸《せんしゅうまる》という船が、咸臨丸乗組員と八丈島からの移民のために、食料や建築材料を運んでくることになっており、友五郎たちはそれを待った。

だが、いっこうに千秋丸はやってこない。食料や水の備蓄も心許なくなってきた。

三月八日の午前のことだ。友五郎は水野外国奉行に呼ばれた。

「咸臨丸は、いつ出航できる？」

「いつでも出航できます」

「明日にでも？」

「はい。食料が底をつきかけていますので、千秋丸を待たずに、帰路に着くことも考えておりますから……」

水野外国奉行は、安心した様子でうなずいた。

「そのほうのそうした気配りは、まことにあっぱれだ」

「軍艦頭取として、当然の配慮です」

「私もそのほうと同じことを考えていた。千秋丸を待ってはいられない」

「ならば、出航は早いほどよろしいと存じます」

「明日だ」

「心得ました」

咸臨丸は、三月九日に父島を発ち、十六日に強風のため下田に寄港した。ここで水野筑後守以下外国方一行を下ろし、再び出港した。

水野外国奉行一行は、下田から陸路で江戸に向かい、咸臨丸は三月二十日に品川に帰港した。

この遠征によって作成された小笠原群島図は、伊能忠敬《いのうただたか》の『大日本沿海輿地《よち》全図』以来の新たな測量図となる画期的なものだった。

友五郎が江戸に戻るとすぐに、軍艦新造を任せていた赤松大三郎が自宅にやってきて告げた。

「二月に、長崎の肥田さんから、機関の最終設計図が石川島に届きました。それで、新軍艦の設計が完成しました」

「ごくろうさまでした。では、さっそくご公儀にその旨を報告しましょう」

「小笠原はいかがでした？」

「硫黄島などの火山列島に泊地となるような地形はありませんでした。従って、海防を考える上では、小笠原諸島を押さえておけばいいということがわかりました。そして、その小笠原も実測をしなおして、正確な位置を海図に描き入れることができました」

大三郎は、くすくすと笑った。友五郎は尋ねた。

「私は何かおかしなことを言いましたか？」

「いえ……。小野先生らしいなと思いまして……」

「何がでしょう？」

「私がうかがったのは、久しぶりの咸臨丸に乗られて、どうお感じになったかとか、中浜さんとの航海はどうだったか、といったことです。しかし、先生は実務的な返答をされました。それがいかにも先生らしいと……」

「誰でもそうなのではないですか？」

「いやあ……。ちょっと違うと思いますよ」

「中浜さんがいてくれたお陰で、航海に何の不安もありませんでした」

「そうでしょうね」

「彼は、すでに越後《えちご》の廻船問屋に洋式捕鯨船を買い入れさせ、正式に捕鯨事業の許可をご公儀に申し入れているそうです。捕鯨は悲願だと、中浜さんは言っていました。彼はきっと、小笠原で捕鯨を始めるでしょうね」

「みんなそれぞれの道があるということですね」

それを聞いて、友五郎はきょとんとしてしまった。

「それぞれの道……？」

「先生もご自分が進むべきとお考えになった道がおありでしょう」

「はて……」

友五郎は首を傾げた。これまで友五郎は、自分に出来ることをやってきた。与えられた職務を精一杯こなしてきた。それで何の疑問も抱かなかった。

それぞれの道と言われて、では、自分の道とは何だろうと、考え込んでしまった。

その様子を見て、大三郎が慌てた様子で言った。

「すみません。余計なことを申してしまったようです」

友五郎は尋ねた。

「では、大三郎の道とは何ですか?」

「ご公儀の海軍を強くすることです」

「なるほど……」

それなら、自分も同じことだだと、友五郎は思った。日本を守るためにどうしたらいいか。持てる知識と技術と計算能力を駆使して、日々そのことを考えているし、そのための実務もこなしている。

だが、それが生涯をかけて全うすべき道なのかと問われれば、自信がなくなってくる。

牧野家の家来となったときは、牧野家のために精一杯尽くそうと思った。そして、算術を必死で学んで牧野家の役に立とうと考えた。

ご公儀天文方へ出役し、その後、長崎伝習所に入ってからは、ご公儀のために自分の能力を発揮することだけを考えていた。

友五郎と同じ時代に生きている者は、皆そうだ。殿様のため、ご公儀のため。それがすべてだった。大三郎たち若者は、そうではないのだろうか……。

大三郎が言った。

「そのためには、私はまだまだ小野先生からいろいろなことを学ばなければなりません」

友五郎はその言葉で思索から我に返った。そして、こたえた。

「いや、これからは、大三郎たちから、私がいろいろと学ぶことになるかもしれませんね」

木村軍艦奉行を通じて、友五郎は新造軍艦の設計が完成したことを公儀に報告した。

それにより、五月七日に、石川島の造船所で、「キール釘〆の式」が行われた。これは船の起工式のことだ。

友五郎と大三郎による設計の大幅な変更により、新造軍艦は、港湾防御用砲艦という性格がはっきりと際立った。そして、「千代田形《ちよだがた》」と名付けられた。

式を終えると、木村軍艦奉行が友五郎に言った。

「いよいよ、小野殿の夢がかないますね」

「は……？　夢ですか？」

「国産の蒸気軍艦建造です。よくここまでこぎ着けました」

「はあ……。なんだか実感がありません」

これは本音だった。

「これから実際に建造が始まれば、実感がないとは言っていられませんよ」

「いえ、作業については、しっかりとした実感をもって臨みます。実感がないと申したのは、私の夢と仰せられたことについてです」

「ほう……」

「たしかに、アメリカのメーア島で造船所を見聞して以来、わが国でも蒸気軍艦を作るべきだと考え、そう主張して参りました。しかし、それが自分の夢だったかと問われると、実感がないのです」

「では、小野殿の夢とは……？」

「わかりません。そのようなことを考えたことがないので……」

「そうですか……」

「ただ……」

「ただ？」

「若い頃から、一つの夢想があります」

「ほう、それはどのようなものでしょう？」

「この世の理《ことわり》は、もしかしたら、ごく簡単な数式で表せるのではないか……。そんな思いがあります」

木村摂津守は目を丸くした。

「さすがに算術家の小野殿です。私には、それがどういうことなのか、さっぱりわかりません」

「本当に大切なことは、そんなには多くはないということだと思います」

「なるほど……」

「先日、操練所教授方の赤松大三郎と、己の道について話をしました。そのときに、何が己の道だろうと、考え込んでしまったのです。今でも考えております」

「小野殿ほどのお方が……」

「お奉行のそのような仰せ、恐縮至極です」

木村軍艦奉行は、昨年、軍制掛を仰せつかり、事実上公儀海軍の頂点に立っていた。

「なんの……。小野殿は年長者であられるし、同じ旗本ではありませんか」

「恐れ入ります」

「己の道ですか……。なかなか難しいお話です」

「私は、今日お奉行とお話をさせていただき、たった今、それに気づいたような気がします」

「小野殿の進むべき道がどのようなものか、お聞かせいただけますか？」

「複雑に見えるものを、できるだけ簡単にすること」

友五郎は石川島造船所を眺めながら言った。「それが、私の道ではないかと思います」

十五

七月のある朝、友五郎は津多に起こされた。

「何かありましたか？」

「豊田という方のお遣いがお見えです」

豊田といえば、軍艦操練所の生徒、豊田港しか心当たりはない。

「こんな早朝に何でしょう……」

友五郎は縁側に出た。庭にひかえていた遣いの者が友五郎を見て言った。

「豊田家からのお知らせに参りました」

「豊田家からの……？」

「はい」

「何事です？」

「豊田港が、夜明け前に亡くなりました」

友五郎は、何を言われたのか理解できなかった。

遣いの者の言葉が続く。

「生前、小野先生には多くの教えをいただき、格別のご恩が……」

声は届いているが、その内容がまったく頭に入ってこない。

「かしこまりました。わざわざお知らせいただき、ありがとうございます」

津多の声が聞こえた。その声を聞くまで、かたわらに妻がやってきたことにも気づかずにいた。

遣いの者は葬儀の予定を伝えて去っていったようだ。友五郎はその間、ずっと縁側に立ち尽くしていた。

津多が言った。

「よほど大切な生徒さんだったのですね」

「え……？」

「旦那様がそのようになるのを、初めて見ました」

「豊田は、とても優秀な生徒でした。先日の小笠原出張でも、父島の測量を任せたほどです」

「そうでしたか」

友五郎は、庭に眼を転じた。だが、何も見えてはいなかった。

「あんな立派な若者が、なぜ……」

そのとき感じていたのは悲しみではなかった。大きな戸惑いと、疑問と、やり場のない怒りだった。

そして大きな喪失感があった。

その夜、通夜に出かけた友五郎は、軍艦操練所の松岡磐吉から、豊田港の死因を聞いた。

小笠原から帰る途中、下田に碇泊した咸臨丸の中で麻疹《はしか》が流行った。豊田港は、それに罹患したのだ。一度は回復したのだが、後に余病を併発した。そしてついに帰らぬ人となったということだ。

友五郎は松岡に言った。

「もし、小笠原に行かなければ、豊田は死なずに済んだのかもしれませんね」

「そのようなおっしゃり方は、小野先生らしくありません」

「そうでしょうか」

「豊田は、志を持って軍艦操練所に入ってきたのです。小笠原に行けたことを、本当に喜んでおりました」

「だからこそ、余計に不憫でなりません」

「豊田は小野先生から父島の測量を任されたことを、ことのほか喜んでおり、誇りにしていました。あいつは本懐を遂げたのです」

友五郎は松岡を見た。この男はやはりたいしたものだ。すっかり船将の器だ。そんなことを思っていた。

松岡がさらに言った。

「先生、豊田を褒めてやってください」

友五郎はうなずいた。

「もちろんですとも」


豊田港を失ったことは、とても残念だったが、悲しみに暮れている暇など、友五郎にはなかった。

閏八月、友五郎は、アメリカ公使ロバート・プルーインを訪ね、米国での軍艦建造について交渉するようにとの、公儀からの命を受けた。

このとき、共に公儀から命を受けたのが春山弁蔵だった。春山は長崎伝習所一期生で、千代田形の構造設計を担当した、頼りになる同僚だ。

実はその前年、公儀は、当時のアメリカ公使タウンゼント・ハリスに、フリゲート艦、コルベット艦、各一隻を米国から購入したいと申し入れていた。

ところが、アメリカで南北戦争が起きたため、造船を無期延期にすると言ったまま、ハリスが帰国してしまったのだ。ロバート・プルーインはその後任としてやってきた。

つまり、今回は交渉のやり直しということになる。

春山が言った。

「せっかく千代田形の設計が出来上がったのですから、メリケンなどに頼らずに、自前でどんどん軍艦を造ればいいんです」

友五郎はそれにこたえた。

「残念ながら、今の日本にそれだけの造船能力がありません。その千代田形だってまだ完成していないのですから」

「それはそうですが……。技術があるのに、それを活かせないというのが、何とも悔しい……」

「日本は急いで軍艦を増やさないといけません。残念ながら、自前ではとても間に合わないのです」

交渉に出向くと、プルーインは、コルベット艦二隻に砲艦一隻にすべきだと言った。友五郎はそれを受け容れ、公儀は翌年までにメキシコ銀六十万ドルを支払うことになった。

それでも、軍艦はまだまだ足りない。新造船を発注していては時間がかかり過ぎるということで、公儀は米英が中国航路用に建造した中古汽船などを購入することにした。

その選定を任されたのが、勝麟太郎だった。勝は、しばらく海軍から離れていたが、この年、軍艦操練所頭取となり海軍に復帰。さらに、軍艦奉行並となっていた。

その補佐についたのが、長崎から戻った肥田浜五郎だった。

その肥田があるとき、友五郎の屋敷にやってきた。千代田形の建造は続いており、それについて話し合うべきことがたくさんあった。

長崎から千代田形の機関が、石川島に届けられた。肥田はそれに合わせて、江戸に戻ったのだ。

実務的な打ち合わせが終わると、友五郎は尋ねた。

「軍艦の購入を補佐しているということですね。そちらはどうなのです?」

肥田はとたんに難しい顔になり、溜め息をついた。

「それが、困ったことに、とんでもないボロ船を掴まされたりしているのです」

友五郎は驚いた。

「あなたがいるのに、どうしてそんなことに……」

「私は補佐に過ぎません。船を選ぶのは、勝さんです。あの人には、船を見る眼なんて、まったくないのです。造船に関する知識がないのですから……」

「……とはいえ、勝さんだって海軍でしょう」

「咸臨丸で、海軍では役に立たないことが明らかになって、事実上、海軍を追放されていたんですよ。それが、政変のどさくさで復帰したというわけです。船では使いものにならない、あの勝麟太郎が軍艦奉行並だなんて、まったくあきれたもんです」

「たしかに……」

友五郎は腕組みをした。「軍艦の増強は急務です。それなのに、粗悪な船を買っていたのではどうしようもないですね」

「千代田形が完成すれば、状況も変わります」

「そうですね。機関の取り付けについては、よろしくお願いします」

「任せてください」

プルーインとの交渉を終えた友五郎は、万延元年以来調査を続けてきた江戸湾の防備計画について、まとめの作業にかかっていた。

いつしか季節は夏を過ぎ、秋も深まっていた。

旗本として登城し、実務は軍艦操練所でこなし、なおかつ自宅では調べ物と執筆に没頭する。そんな毎日が続いており、周囲には友五郎の健康を気づかう声が多かった。

友五郎自身は、まったく体のことを気にかけていない。仕事のことしか考えていないのだ。

そんな友五郎を誰より心配していたのは、やはり一番身近にいる妻の津多だった。

夜遅くまで書き物をしている友五郎に、津多が言った。

「もう少し早く休みませんと、体がもちませんよ」

友五郎は、書きかけの書類を見つめたままこたえる。

「まだ起きていたのですか。私のことは気にすることはありません。先に休んでください」

「旦那様のことが心配なのです。私がいるうちはいいですが……」

友五郎は津多に背を向けたまま笑った。

「何を言っているんです。さあ、あなたこそ、早く休んでください」

「では……」

津多の足音が遠ざかる。友五郎は執筆に没頭していた。


その年の十二月、『江都海防真論』と題した七巻の防備計画が完成した。友五郎はそれを、木村軍艦奉行に献上した。

後日、木村軍艦奉行は、友五郎を呼んで言った。

「『江都海防真論』を拝読しました。いや、感服いたしました。これまでにも、防備についての書物はさまざまありましたが、これほど具体的で当を得たものは見たことがありません」

「江戸湾の防備は、急務だと心得ます」

「まさに、そのとおりだと思います。ときに、品川御殿山《ごてんやま》の件についてはお聞き及びですか？」

「品川御殿山……？」

「高杉晋作《たかすぎしんさく》ですよ」

「何者ですか、それは」

「毛利《もうり》家家臣です」

「はあ……。毛利ですか……。権現《ごんげん》様の代からの遺恨がありますね」

毛利家は代々、徳川への怨みを抱いている。関ヶ原《せきがはら》の戦いで西軍の総大将を務めたが、家康《いえやす》から所領は守るとの約定を得ていた。

だが、戦後、大坂城で見つかった連判状に当主・輝元《てるもと》の名があったことで、家康はその約束を反故にした。その結果、毛利家の領地は大幅に減らされ、周防《すおう》・長門《ながと》の二国だけとなってしまった。

毛利家では正月に独特の儀式が残っているそうだ。家臣が殿様に「今年はいかが」と尋ね、当主が「いや、時期尚早じゃ」とこたえる儀式だ。

「今年は徳川を討ってはどうか」という問答を、毎年繰り返しているというのだ。それくらいに怨みが深い。

「高杉らが、品川御殿山に建造中のイギリス公使館を焼き討ちしたのです」

友五郎は驚いた。

「何のために、そのようなことを……」

「尊王攘夷です。高杉らは、それを声高に叫び、京都などでも活動をしているということです。武蔵国生麦村《むさしのくになまむぎむら》の件で、薩摩に先を越されたという思いが強いのでしょう。なにせ、言うことやることが過激で、手に負えません」

その年の八月二十一日に、生麦村で起きた事件のことだろう。薩摩の島津《しまづ》家当主・茂久《しげひさ》の父、久光《ひさみつ》の行列を馬に乗ったイギリス人たちが横切った。それを島津家家臣が手討ちにしたのだ。一人が死亡、二人が重傷だったという。

友五郎は言った。

「尊王攘夷と言いますが、武士は皆尊王ではありませんか」

公儀と天子様が対立するという図式が、友五郎には理解できない。公儀は、天子様から任命されて、政を行っているのだ。

木村軍艦奉行が言った。

「毛利家は、公儀を廃したいようです」

「それは理屈が通りません」

「攘夷については、水戸の影響のようですが……」

「あり得ません」

友五郎はあきれて言った。「列強とわが国の国力の差を考えれば、攘夷などまことに愚かだと思いますが……」

「アメリカをつぶさに見聞してきた我々から見れば、そういうことになるのですが……」

「誰が見てもわかります。列強の船は、海を越えて日本にやってくる。逆に、日本はそれらの国に軍艦を送ることなどできません。それはそのまま国力の差です」

「だからと言って、列強の言いなりになるわけにはいかないでしょう」

「ですから、今は防備を固め、国力を蓄えるのです。そのためには、交渉力が必要でしょう。小栗豊後守様のような優秀な人材を活用しなければなりません」

木村軍艦奉行は、はたと膝を打った。

「そう、そのことです。対馬の件が原因で、豊後守殿は外国奉行を辞して、しばらく無役でしたが、ようやく勘定奉行になるということです」

「製鉄所付きの造船所を造るのに役立つ役職ならやるとの仰せでした」

「ほう……。製鉄所付きの造船所……」

「これからの日本には、ぜひとも必要なものだと存じます」

「わかりました。『江都海防真論』とともに、その造船所の話も預からせていただきます」

「どうぞ、よしなにお願いいたします」

友五郎は手をついた。

「堅苦しいのはやめてください。いっしょに咸臨丸で海を越えた仲ではありませんか。海防や造船所については、小野殿なしでは進みません。こちらこそよろしくお願いします」

友五郎は、再び頭を下げた。


暮れていく文久二年は嵐のようだったと、友五郎は思い返していた。翌年は、少しは平穏な年であってほしいと願っていた。

その文久三年（一八六三年）が明けた。しばらくは出張もなく、昨年末に願ったとおり、平穏な日々が続きそうに思えた。


ただ、昨年の後半から、津多の体調がすぐれず、寝込むことがしばしばだった。年が明けると、さらに床に伏せっていることが増えた。

往診に来た医者が、友五郎に言った。

「以前から悪かった心の臓が、さらに弱っているようです」

「何とかなりませんか」

「できるだけのことはしてみますが……」

「お願いします」

医者は、難しい顔のまま帰っていった。

寝所に戻ると、津多が起きようとしているので、友五郎は驚いて言った。

「何をしているのです。寝てなくてはだめです」

「家のことを放ったらかしで寝てなんていられません」

「冗談じゃありません。家のことは誰かにやらせればいい。津多が今やらなければならないのは、病気を治すことです」

「病気は気の持ちようです」

「心の臓が悪いのだそうです。ですから、安静にしていないといけません」

「だいじょうぶです」

「いいえ、だいじょうぶではありません。寝ていてください」

津多は、しぶしぶ横になる。

布団の中で津多が言った。

「最近は、出張したり、机にかじりついたりはなさらないのですね」

「ああ……。今は、千代田形の建造に専念していますから……」

「それはようございました。私は、旦那様のことが心配です」

「人の心配より、自分の心配をしてください」

「でも、いつまたご公儀から出張などの仕事を言いつけられるかわからないのですね」

「もちろん、そうです」

「私のことは気にせずに、お出かけになってくださいね」

「そのときになって考えますよ」

「ご公儀の仕事となれば、戦も同然です。出陣の邪魔をしたとあっては、旗本の内儀として生きてはおれません」

「生きていられないなどと、ばかなことを言わないで、休んでください。きっとよくなりますから」

津多は、小さな声で「すみません」と言って目を閉じた。眠らせてやろうと思い、友五郎はそっと部屋を出た。

それから、津多は寝たきりになってしまった。

医者が言うには、もう長くはないかもしれないとのことだ。

まさかとは思いながら、友五郎は、津多の実家に知らせを送った。実家は上総国市《いち》原郡《はらぐん》八幡村《やわたむら》で、父は郷士の赤井庄五郎という。

赤井は妻を伴って、友五郎の家にやってきた。

「それで、どうなのだ？」

赤井にそう尋ねられた友五郎はこたえた。

「とにかく、会ってやってください」

父母がやってきて三日後、津多は死んだ。


どうしていいのかわからなかった。

豊田港が亡くなったときも喪失感があった。だが、今度はその比ではなかった。体の一部が失われたような気持ちだった。

「仏さんに、何か好きだったものをお供えしてあげたいんですが……」

葬儀の手伝いに来てくれた近所のお内儀がそう言った。そのとき、友五郎はひどくうろたえた。

「何か好きだったもの……」

「ええ、何がお好きでしたか？」

わからなかった。

もちろん、いっしょに食事をしたが、妻が何を好んで食べていたか、など考えたこともなかった。

食べ物だけではない。どんな花が好きなのか、どんな季節が好きなのか、江戸のどこが好きなのか……。何も知らなかった。

その事実に、友五郎は愕然とした。

何かを食べに連れて行ったこともない。それどころか、連れだってどこかに出かけたという記憶がまったくなかった。

私は何という夫だったのだろう。悔やんでも悔やみきれない。

豊田港が亡くなったときは、天を怨んだ。だが、今回は自分を怨まなければならなかった。

津多が小さな声で「すみません」と言ったのを思い出していた。謝らなければならないのは、私のほうだと、友五郎は思った。

十六

四月二十二日、友五郎は、軍艦組の望月大象《もちづきたいぞう》とともに海岸警衛掛取調御用を命じられた。二人で協力して、品川台場について見直し、増強のための計画を練るようにとの内容だ。

この命令は、望月が行った品川台場の実地調査をもとにしていた。望月大象は、友五郎と同じく長崎伝習所の一期生だ。

友五郎はさっそく、望月と図面の検討にかかった。

「品川台場は、十年前に一年半の突貫工事で造られたものでして……」

望月が友五郎に説明した。「当時は、十一造る予定でしたが、実際には六つしか造られませんでした。江戸城の直接防備に関わるものです。品川台場の増強がぜひとも必要だと思います」

友五郎は言った。

「現在ある台場の位置を確認して、十字砲火ができるように備砲の方向と射程を割り出しましょう。さらに、台場の増設が必要なら、それを提言します」

「わかりました」

「私はかねてから、江戸湾には二重の防備態勢が必要だと考えていました。つまり外側は江戸湾の入り口である富津・猿島《さるしま》・観音崎、そして、内側が品川台場です。さらに移動砲台としての軍艦も配備したい」

「なるほど。では、復命書はその方向でまとめましょう」

友五郎はこの作業に没頭した。

忙しく働くことで、なんとか心の均衡を保っていた。もし、この時期に公儀の命令がなければ、友五郎は津多を亡くした喪失感に耐えられなかったかもしれない。

ご公儀の仕事は戦と同じ。津多はそう言っていた。仕事の邪魔をすることを、何より嫌っていた。

もし、友五郎が、妻の死を悲しむあまりに公儀の役目を果たせないようなことがあったとしたら、あの世で津多がひどく悔しがるだろう。

そんな思いもあり、ことさらに仕事に精を出した。

望月は友五郎の仕事ぶりに目を丸くした。

「小野さんはいったい、いつ寝ているのですか」

「ちゃんと寝ていますよ」

「だとしたら、おそろしく仕事が早いのですね」

予定より早く、五月には復命書が完成した。その後、品川台場の増強工事は、ほぼ二人の復命書どおりに進められることになる。

海岸警衛掛取調御用の復命書提出と前後して、五月四日に、友五郎は両番上席軍艦頭取に任命され、三百俵高・十五人扶持となった。

これは中艦の艦長職で、アメリカやイギリスでは海軍中佐に当たるだろう。これまでが海尉相当だったので、かなりの出世だ。

だが、友五郎はぴんとこない。出世しても、やることは変わらない。公儀のために自分の能力を活かすだけだ。

いつもと変わらず登城した折に、友五郎はとんでもない話を聞いた。

長州が、アメリカ・フランス・オランダの艦船に対して砲撃を行ったというのだ。

上様が天子様と交わした約束が、この砲撃の理由となったのだという。

孝明天皇が将軍家茂に、攘夷の実行を迫った。家茂は、その期限を文久三年五月十日としていたのだ。

公儀は攘夷を軍事行動とは見なしていなかった。だが、長州はその約束を楯にとって砲撃を行ったのだ。

圧倒的な国力の差をどう思っていたのだろう。

友五郎は、どう考えても長州毛利家のやっていることが理解できなかった。

砲撃の相手は、一国ではない。ただ一国であってもとうてい勝ち目はないのに、複数を相手にしてどうするつもりなのだろう。

毛利家には、砲撃の結果、どういうことになるか、想像する者はいなかったのだろうか。

列強に対する恐怖心は理解できるが、その対処法があまりに幼稚だ。清国がイギリスとの戦争でどれだけひどい目にあったか、知らないわけではあるまい。

考えれば考えるほど、毛利家のやろうとしていることがわからなくなってくる。もしかしたら、長州にはものすごく頭のいい人がいて、自分などにはとうてい理解できないことを考えているのかもしれないと、友五郎は思った。

でなければ、ただのばかだ。

五月の半ば過ぎ、中浜万次郎と肥田浜五郎がいっしょに訪ねてきた。

友五郎は目を丸くして言った。

「このお二人がいっしょというのは、珍しいですね」

肥田がこたえた。

「そこでばったりお会いしましてね」

「たまたまですか？」

「……というか、やっぱり縁でしょうね」

万次郎が言った。

「奥様の葬儀の折は、小笠原に行っており、駆けつけることができませんでした。線香を上げさせていただけますか」

「これは、わざわざ申し訳ありません」

万次郎は仏壇に向かい、手を合わせる。

真っ黒に日焼けした万次郎が神妙な面持ちなのが、滑稽に思えて、友五郎は笑い出しそうだった。続いて肥田も線香を上げてくれた。

友五郎は万次郎に言った。

「ずっと小笠原なのかと思っていました」

すると、万次郎は表情を曇らせた。

「小笠原開拓は中止されました」

友五郎は驚いた。

「どうしてそんなことに……」

「老中安藤対馬守様の失脚です」

「あ、昨年の坂下門外で斬られたことがきっかけで……」

「そう。対馬守様は、小笠原の開発に熱心でした」

「尊王攘夷を唱える水戸浪士に斬られたのでしたね」

それにこたえたのは、肥田だった。

「傷を負いながら、その直後、イギリス公使のラザフォード・オールコックと会談なさったというのですから、たいしたお方です。しかし、その後、武士が背中から斬られるとは何事か、などという批判が起き、ついには老中の座を追われることになりました」

友五郎は言った。

「尊王攘夷を主張する人たちは、いったい何がしたいのでしょう。私には理解できません」

万次郎が言う。

「まったくです。小笠原に移住した日本人も引きあげることになりました。いずれ、小笠原はかつてのように、外国人だけが住む島になります」

「小笠原は江戸を守る要です。そこを外国に取られたら、日本攻撃の基地にされてしまう……。尊王攘夷派の人たちはそんなこともわからないのでしょうか」

「水戸や長州に何を言っても無駄ですよ」

万次郎が言うと、それを受けて肥田が言った。

「諸外国とぎりぎりの交渉を続け、その間に国力を増すために、我々は必死の努力を続けている。それを邪魔することが日本のためになるのでしょうか？」

万次郎が言う。

「長州なんぞは、ご公儀に対する積年の恨みを晴らすことしか考えていませんからね。尊王だ攘夷だって言うのはたてまえに過ぎません」

二人の話を聞いて、友五郎は言った。

「どうしても理解できません。毛利家の怨みで、日本の将来を危うくすることが、どんなに愚かしいことなのか、誰か気づかないのでしょうか」

「あの連中に常識は通用しません」

万次郎が思い出したように言う。「あ、それより、出世なさったのですね。海軍中佐ですか。たいしたものです」

肥田が言った。

「おめでとうございます」

「実感はありません。津多が生きていれば、きっと喜んでくれたでしょうね」

その言葉に、万次郎がふと悲しげな顔をする。

それを見て、友五郎は笑い出した。

万次郎が驚いた顔で尋ねた。

「どうしました？」

「中浜さん、あなたに神妙な顔は似合いません。そういう顔をするたびにおかしくておかしくて……」

「顔は生まれつきだから仕方がありません」

友五郎は肥田に言った。

「あなたも、小十人格軍艦頭取になったのでしたね。おめでとうございます」

「いやあ、私の出世は上様ご上洛のお供をするに当たり、体裁を整えるためのものでで……」

「そんなことはありません。あなたは軍艦頭取にはうってつけです」

「いいように使われていますよ」

「あなたが上様のお供で二度も上洛しなければならなかったので、千代田形の建造がはかどりません」

「その上様御上洛なんですが……」

「どうしました？」

「勝麟太郎がいっしょだったんです。彼はそのまま上方に残っています」

「勝さんが……」

「上様が大坂湾を巡視なさるのに、同行したのです」

「そう言えば……」

友五郎は、城内で木村軍艦奉行から聞いた話を思い出した。「勝さんは、兵庫《ひょうご》や西《にしの》宮《みや》の砲台を造る責任者になったということですね」

「小野さんが東京湾の海防を主導なさっているので、やっかんでいるんですよ。それで、実測もできないのに、責任者面です」

「私は海防を主導しているわけではありません。必要なことをご公儀に建言しているだけです」

「小笠原、富津、そして品川と、小野さんは実測をして具体的な策を打ち出しておられる。それに対して、勝は声だけは大きいのですが、話の中身がない」

万次郎がそれに同調する。

「勝というのは、そういうやつです」

肥田が話を続ける。

「あやつは、海軍に復帰したばかりだというのに、上様にうまく取り入り、神戸《こうべ》海軍操練所を開設する許可を取り付けたんです」

友五郎は言った。

「ほう。神戸にも操練所が……。それはよいことではありませんか。江戸だけでなく上方でも海軍の人材を育成することができます」

「あの勝麟太郎が仕切る操練所ですよ。ろくなことにならないと思います。勝はね、妙に小野さんに対抗心を燃やしているらしいんですよ。江戸の操練所に小野さんがおられるので、対抗して神戸に自分の操練所を造ろうという魂胆なんです」

「もしそれで、優秀な人材が育つなら、日本のためになります」

肥田はあきれたように言った。

「小野さんは、いつもそういうことをおっしゃる」

「本音ですよ。それより、千代田形の汽罐はどうなりました？」

機関は完成したが、汽罐はまだだった。高圧の蒸気に耐える汽罐を造るためには、サンフランシスコで見たような釘〆機械（鋲打ち機）が必要なのだが、それは長崎製鉄所にもなかったのだ。

肥田がこたえた。

「喜んでください。佐賀鍋島家《さがなべしま》が、釘〆機械を持っていたのです」

「鍋島家が？」

「鍋島家所有の電流丸《でんりゅうまる》という船の汽罐を修理するために、二年前、三重津《みえつ》の造船所に釘〆機械を輸入していたのです。私は、鍋島家に設計図を渡して、汽罐の製作を委託しました。おそらく半年以内に完成することでしょう」

万次郎が言った。

「それはいい。どうです？　今日は、おおいに未来の構想や、思い出話を語りませんか」

三人はその日、遅くまで語り合った。津多が亡くなって以来、初めて心が和んだ気がした。

その年の六月十日、友五郎は、海陸御備並《ならびに》軍制掛の取調御用を命じられた。海陸御備掛というのは、海防を受け持つ係で、軍制掛は軍制改革を進めるための係だ。取調御用とは、掛の下について実務を担うことを言う。つまり、友五郎は、この二つの掛の実務を命じられたのだ。

そして、七月には、千代田形の進水式が行われた。式には、今や海軍の頂点にいる木村軍艦奉行も臨席した。

友五郎が挨拶に行くと、木村軍艦奉行が言った。

「小野殿。あなたの千代田形は、実に堂々たるものですね」

「お奉行。これは私の船ではありません。ご公儀の船です」

木村軍艦奉行はかぶりを振った。

「いいえ。小野殿が、構想を練り、立案され、細部を計算されたのです。これは、まさしく小野殿の船です」

「恐れ入ります。ですが、まだまだ完成には程遠い。汽罐がまだ完成しておりませんし、肥田が江戸に落ち着きませんので、機関の取り付けもままならぬありさまです」

「船はいずれ完成します。それがうらやましい……」

「……と言われますのは……？」

「ご存じのとおり、私は、日本の海域を六つに分け、それぞれの海域を守る艦隊を配備するという改革をご公儀に提案しています。江戸や箱館に、艦隊を置くのです」

「すばらしい構想です」

「しかし、老中たちは金がかかり過ぎると、あまりいい顔をしません。おそらく、この構想は実現しないでしょう」

「目先のことを考えてはならないと思います。そうした大きな構想を掲げることこそが政でしょう。今は金がなくてできなくても、そちらに向かって物事を進めるという方向付けこそが大切なのだと思います」

木村軍艦奉行は、悲しげな笑みを浮かべた。

「この大切な時に、ご公儀は尊王攘夷を叫ぶ過激な連中に対処しなければなりません。難儀なことです」

「私は海防のためにできるだけのことをいたします」

「清国を打ち負かしたイギリスは、虎視眈々とわが国を狙っております」

その木村軍艦奉行の言葉は、友五郎の心に重くのしかかった。

長州毛利家が、アメリカ・フランス・オランダの艦船に砲撃を加えた翌月の六月、報復として、アメリカ・フランスの軍艦が、長州の軍艦を砲撃した。

七月になると、今度は薩摩島津家が暴挙に出る。生麦村で起きた事件が尾を引いて、ついにイギリスとの戦闘行為に及んだのだという。

長州の海峡封鎖も薩摩の戦闘行為も、友五郎を驚かせた。

いくら何でも、無茶が過ぎる。

さらに、友五郎を驚かせたのは、朝廷の反応だった。攘夷を実行したことを称え、薩摩島津家に褒賞を与えたのだという。

毛利家や島津家と、朝廷の関係が気になった。それぞれの思いが複雑に交差している。

公儀の対応も複雑だ。どんどん糸がもつれていくように感じられる。それは、友五郎にとっては、なんとも気持ちの悪いものだった。

こういう時こそ、ものごとは単純に考えなければならない。

それが自分の役割だと、友五郎は思った。

その年の十二月、友五郎は勘定奉行勝手方に異動になった。海軍の自分が、ご公儀の財政を担う勘定奉行の下で働くということに、戸惑いを感じた。

だが、その反面、楽しみなこともあった。小栗豊後守が、近々勘定奉行に復帰するという噂があったからだ。

小栗豊後守は、いつか木村軍艦奉行が言っていたように、昨年、小姓組番頭から勘定奉行勝手方になり、その後、勘定奉行と南町奉行を兼任した。

さらに、歩兵奉行・勘定奉行・南町奉行を兼任した後に、陸軍奉行となった。

今は、陸軍奉行を辞して、勤仕並寄合という立場だった。それが、勘定奉行に復帰するというのだ。

小栗は、この二年間で目まぐるしく役職を変えていた。変わったのは役職だけではない。昨年の夏、豊後守から上野介《こうずけのすけ》になっていた。

小栗上野介が上司となれば、少しは物事が単純になり、製鉄所付き造船所の計画も進むかもしれない。

友五郎はそんな期待を抱いていた。

十七

明けて文久四年（一八六四年）一月、友五郎は、御勝手入用改革御用を命じられた。

年末に、勘定奉行勝手方に異動になったばかりだ。勘定奉行が七名おり、そのうちの五名が勝手方、二名が公事方だということも、異動して初めて知った。

勘定奉行公事方は、天領の司法を受け持っており、行政には関わらない。つまり、公儀の財政を五人の勘定奉行勝手方が担っていることになる。

友五郎はその有司《ゆうし》（官僚）として働きはじめて間もない。にもかかわらず、大役を仰せつかったのだ。

御勝手入用とはつまり、公儀の会計事務全般ということだ。それを改革しろという命令だ。

勘定奉行の松平石見守康英《まつだいらいわみのかみやすひで》が、その件について、友五郎に言った。

「まだ仕事に慣れていないだろうに、いきなりの大仕事ですね」

松平石見守は、外国奉行の経験もあり、文久元年から二年にかけて、遣欧使節団の一員としてヨーロッパ各国を回った経歴の持ち主でもある。

じきに大目付になるだろうと噂される実力者なのだが、友五郎よりも十三歳年下だということもあり、敬語で話す。年齢のせいばかりではないだろう。真の実力者は謙虚なものだ。松平石見守はそういう人物だった。

友五郎は言った。

「やってみなければわかりませんが、理屈からすればそれほど難しいことではないと思います」

松平石見守は驚いた顔で言った。

「ほう、難しくない……」

「はい」

「どのような方針で改革に臨むのか、お聞かせ願えますか」

「いきなり、制度を改革しようとしても無理です。小さなことをこつこつと積み上げていけば、結果的に改革につながっていくはずです」

「小さなことをこつこつと……」

「どんなに大きな収支であっても、元は一枚の伝票でしょう。それを計算して見直していくのです。計算は得意ですから」

松平石見守はうなった。

「さすがに噂に聞く小野友五郎殿だ……」

「ただ、実際に計算をしてみないと、どの程度のことができるか、今はまだ何とも申せません」

「お手並み拝見です」

「心得ました」

「咸臨丸でアメリカへ行ったのでしたね」

「はい」

「いつか、そのときの話をうかがいたい」

「私も、ヨーロッパのお話をうかがいとうございます」

「あいわかった。いずれゆっくり話をしよう」

その日から、友五郎は公儀の収支を徹底的に見直した。さすがに規模が大きく複雑だ。

だが、相手は得意な数字だ。友五郎はまったくひるむことなく、見直しをすすめた。そして、無駄な手続きを省き、できるだけ仕組みを簡略化しようとした。

例によって、周囲が驚く早さで作業を進めつつあった四月のことだ。

夜半に戸を叩く者がある。すでに床に就いていた友五郎は、布団を出て雨戸を開けた。

そこにいたのは、松岡磐吉だった。

「こんな刻限に、どうしました？」

「操練所が焼けています」

「操練所が……？」

「もらい火ですが、すでに焼け落ちたという知らせが……」

「もらい火……」

「現場に駆けつけようと思いましたが、まずは小野先生にお知らせしようと思い……」

「何ということか……」

「すぐに、築地に向かいましょう」

「いや、行くのはよしましょう」

松岡が目を丸くする。

「え……？」

「今、操練所は焼け落ちたとおっしゃったでしょう」

「はい」

「ならば、駆けつけたところで、何もできることはありません」

「あ……」

松岡は、しばしぽかんとした顔をしていたが、たちまち表情を引き締めて言った。

「たしかに、小野先生のおっしゃるとおりです」

松岡は腹の据わった男だ。その彼が大慌てだった。松岡は操練所の教授方で、海軍一筋なのだから無理もない。今は、度を失ったことを恥じている様子だった。

友五郎は言った。

「ご公儀から御沙汰があるはずです。それを待ちましょう」

「気になるのは、神戸に新たに操練所を作るという話です」

「それが火事とどういう関係が……？」

「江戸の操練所がなくなれば、その機能を神戸で肩代わりする、というようなことにもなりかねません」

「それはむしろ、よいことではありませんか。海軍操練の空白をなくすことができます」

「神戸操練所の責任者は、あの勝ですよ」

松岡の言いたいことは理解できた。勝麟太郎に海軍の人材を育成する能力はない。

友五郎は言った。

「とにかく、御沙汰を待ちましょう」

「わかりました」

松岡は言った。「夜分に失礼いたしました」

「いえ、よく知らせてくれました」

松岡が礼をして去っていった。

友五郎は腕組みをして、しばらくその場に立ち尽くしていた。

長年勤務した軍艦操練所だ。焼失したと聞いて、衝撃を受けないはずがない。しかし、なくなってしまったものは仕方がない。すみやかに、代替の組織なり機能なりを作らねばならない。

さて、今の公儀で、誰がそれを積極的にやってくれるだろう。木村摂津守なら、すぐに着手してくれただろうが、残念なことに、昨年の九月に軍艦奉行を辞職している。

自分にはまだそうしたことを裁量する権限はない。

友五郎はしばらく腕組みをしたままだったが、やがて、考えても仕方のないことは考えるべきではないと思い、床に入って眠ることにした。

翌日の午後、城から自宅に戻った友五郎のもとに、小栗上野介から使いが来た。すぐに会いたいと言う。

友五郎は、小栗の屋敷に駆けつけた。

「昨夜の操練所の火事のことです」

小栗は、挨拶もそこそこに言った。「私は今、勤仕並寄合の身ですが、すみやかに操練所を再建できるように、なんとかご公儀に働きかけようと思っています」

寄合というのは、無役となった家禄三千石以上、あるいは布衣《ほい》以上の旗本のことだが、勤仕並というのは、「無役であっても、役に就いている者と同様に見なす」ということだ。

友五郎はこたえた。

「それは、たいへん心強く存じます」

「摂津も今は、無役ですが、相談に乗ってもらおうと思っています」

「木村摂津守殿は、先の軍艦奉行ですから、適役だと思います」

「海軍の人材育成は急務です。急がねばなりません」

「神戸に操練所ができるという話を聞きましたが、そちらはどうなっているのでしょう？」

「築地操練所が焼失したと聞いたら、勝殿ははしゃぐかもしれませんね」

「はしゃぐ……？」

「海軍操練を一手に引き受けるために、神戸操練所の整備を急がせようとするでしょう」

「では、神戸ではまだ準備が整っていないのですね？」

「最近、勝殿の周辺には怪しげな浪人がうろついているという噂も聞きます。あの人に大切な海軍を任せるわけにはいきません」

「いずれにしろ、築地操練所が再建されるのは喜ばしいことです」

小栗がうなずいた。

「つきましては、小野殿にも勝手方のほうから、いろいろと手を回していただきたいのです」

海軍施設の再建となれば、公儀の金が動く。当然ながら、勘定奉行も関わることになる。友五郎は言った。

「心得ました。できる限りのことをさせていただきます」

「お願いします。あ、それから……」

「は……？」

「私は、呼び名が変わりました。豊後守から上野介に……」

「存じ上げております」

「すみませんね」

「は……？　何のことでしょう？」

「製鉄所付きの造船所のことです。私が無役でいるばかりに、話がなかなか進みません」

「私も今は、勝手方の御用で精一杯です」

小栗上野介が笑った。

「いつも十人並みの働きをなさる小野殿が、精一杯ということはないでしょう」

友五郎はこの際だから訊いておこうと思った。

「上野介様がじきに勘定奉行に返り咲かれるとの噂がありますが……」

小栗上野介は、ほほえんだ。

「どうでしょうね。老中たち次第ですね」

一日も早く復帰してほしいものだ。友五郎はそう思いながら、礼をした。

友五郎が勝手方で根回しをするまでもなく、築地軍艦操練所の再建が始まった。今さらながら、小栗上野介や木村摂津守の影響力に感心した。

結果的に、神戸操練所を早期に開設するという勝麟太郎の目論見は潰えたのだった。

神戸操練所の開設は、五月まで待たねばならなかった。ようやく学生の募集が始まり、それを機に、勝麟太郎は、安房守《あわのかみ》を名乗りはじめたという。

公儀の士官養成のための操練所なのだから、当然学生は、旗本・御家人に限られると思っていた。

だが、勝麟太郎は、大名の家臣はおろか、得体の知れない浪人たちにも入所を許しているという。

その情報をくれたのは、火事の夜に駆けつけた松岡磐吉だった。彼は、築地操練所再建工事の進み具合を知らせるついでに、そんな話を始めた。

「その怪しげな浪人たちというのは、『海軍塾』という勝の私塾の塾生らしいです」

「ほう、海軍塾……」

「勝の操練所や私塾設立のために、奔走した浪人がおりまして……。土佐山内《やまうち》家を脱した坂本龍馬《さかもとりようま》という者らしいのですが……」

「坂本龍馬……」

「勝がかわいがっているやつらしいのです」

「それがどうかしましたか？」

「そんな怪しげなやつらが集まっている神戸操練所というのは、築地とはずいぶんと違うと思います」

友五郎は笑った。

「珍しくひかえめな言い方をしますね。本当は、とんでもないところだと言いたいのでしょう」

「まあ、そうですね」

「勝さんは、アメリカを見てきましたからね。誰でも入れる軍隊。それを実現したいのかもしれません」

「日本が一つになっているときなら、それもいいでしょう。しかし、今は尊王攘夷派のやつらが、ご公儀に楯突いている状態です。そんな連中にまで、海軍の技術を教えてやる必要はありません」

「様子を見るしかありませんよ。何か不都合なことがあれば、ご公儀が黙っていないでしょう」

「だといいのですが……」

松岡は、忌々しげに、ふんと鼻から息を吐いた。

長い月日を要したが、なんとか御勝手入用改革の結果を復命書にまとめることができた。

それが評価されたのだろうか、友五郎は六月に、勘定吟味役に昇進した。五百石高・役料三百俵で、布衣、つまり六位相当を叙任した。

そして、七月には、再び、海軍御備並軍制掛として、「兵賦《へいぶ》金納」を担当することになる。

かつて軍制掛にいたときは、取調御用、つまり、掛の下で実務を行う役目だったが、今度は掛そのものだ。

「兵賦金納」というのは、兵役を出す代わりに金を払う、ということだ。

かつて、旗本は禄高に応じて使用人を雇い、彼らに武芸を仕込んで、いざというときには、自らそれを率いて駆けつけるという制度だった。

しかし、太平の世が続き、旗本はそうした私兵を持つこともなくなり、有事の際には農民などを傭兵として使えばいい、という風潮になっていた。

時代は変わりつつある。それでは、諸外国の軍隊にはとてもかなわない。昨今は、毛利・島津などの動きも気になる。

そこで、公儀は文久二年（一八六二年）に、陸軍の改革を行った。有事の際に軍役につく人数を以前の半分ほどにした。その代わりに、平時からその一部を公儀に「兵賦」として差し出し、洋式銃隊調練を受けさせることにしたのだ。

この「兵賦」を差し出すことができない者は金で代用することができる。それが「兵賦金納」だ。

同時に、友五郎は「金銀吹替《ふきかえ》并《ならびに》吹立《ふきたて》御用」も兼務するように申し渡された。

海外と交易あるいは両替する際に、貨幣価値の差が当時大きな問題となっていた。

問題点は二つある。一つは、銀貨の品質が、諸外国に比べて優れており、同じ重量を交換すると、銀が国外へ流出してしまうことになる。

もう一つの問題は、金と銀の交換比率だ。例えば、アメリカは金一に対して銀十五だが、日本は、金一に対して銀五だった。

この貨幣換算の問題は、算術が得意でない一般の役人には少々難しい話のようだった。問題なのはわかるが、何がどういうふうに問題なのかちゃんと説明できる者は少ない。

御用を命じられるとすぐに、目付の一人が友五郎の元にやってきて質問した。

「金銀の問題がよくわからない」

「ああ……。それではご説明しましょう。まず、海外の銀貨と日本の銀貨の差の話です。洋銀を百枚日本に持ち込んで両替すると、一分銀三百枚になります。これを外国に持ち出すと、たちどころに洋銀百五十枚になります。一分銀の銀の含有量が多いから、価値が高いのです」

「なるほど……」

「次は、金と銀の交換比率です。海外から銀五貫目を持ち込むと、日本で金一貫目になります。それを、海外に持って行くと、銀十五貫目になります。つまり、交換するだけで三倍になるのです。こうして、日本の金銀はどんどん海外に流出することになります」

「ふうん。では、両替を禁ずるしかないな」

「それでは海外との交易ができません。今ご公儀は、軍艦や銃などの武器を海外から買い入れておりますが、その際にも貨幣価値の差は問題となります」

「では、どうすれば、よろしいのか」

「国内の貨幣の金銀の含有量を減らすしかないでしょう」

目付はようやく理解した様子だった。

友五郎は、さっそく貨幣改革にも取りかからなければならなかった。

次々と役目が代わり、御用が増えるが、友五郎はまったく慌てることなく、淡々と仕事をこなした。どんな仕事も、目の前にある小さなことの積み重ねでしかない。

複雑に思える仕事でも、目の前の小さなことは単純なのだ。それを一つ一つ片づけていくだけだ。友五郎は常にそう考えていた。

いつものように仕事をしていると、取調御用の者が顔色を変えてやってきた。

「お聞きになりましたか？」

友五郎はこたえた。

「何の話ですか？」

「毛利家の軍勢が京に上っておったのですが……」

「ああ、そのようですね。会津《あいづ》松平家や桑名《くわな》松平家らがそれに対抗しようと、睨み合いをしているとか……」

「戦が始まったということです。毛利家の軍勢は、禁門に向けて砲撃をしたとか……」

友五郎は、仰天した。

「天子様のおわす御所に向けて……。そんなことは、あり得ません」

「会津、桑名が迎え撃ち、そこに島津家の軍勢が駆けつけ、長州毛利は退散したとのことです」

「天子様は？」

「ご無事です」

「それはよかった……」

「御所に向けて砲撃し、禁中に乱入した長州は朝敵となりました」

友五郎は、またしても理解に苦しんだ。

「毛利家家臣たちは、尊王を主張していたのではないのですか。それが、朝敵とはいったいどういうことでしょう」

「尊王はあくまでもたてまえ、長州毛利は、権力がほしいだけなのだと、みんなが申しております」

この場合の、みんなというのは、城内の旗本たちという意味だろうか……。

「長州毛利家の考えがどうしても理解できません。彼らは何がしたいのでしょう……」

「ご公儀の代わりに、権力を握りたい。ただそれだけを考えているのだと思います。そのために尊王攘夷を利用しているのです」

「そう言えば、謀叛を企てたとして斬首された、吉田《よしだ》某という者がおりましたね」

「ああ、吉田松陰《しょういん》ですね。叔父の玉木《たまき》某の松下村塾《しょうかそんじゅく》を利用し、若者を集めては日々論議を戦わせ、彼らを過激な狼藉者に仕立てました。その結果が、禁門に向けての狼藉です」

公儀は、諸外国に対処するために、軍艦を増やし、国産の蒸気軍艦を建造しようと努力し、また江戸湾等の海防を進めようとしている。

それらは、多大な労力と費用を必要とし、なおかつ急務なのだ。その財源はどこから得られるのか。海外との交易。もうそれしかないのではないか。

また、公儀は、さまざまな改革を進めようとしている。軍制の改革もそうだし、江戸の近くに製鉄所付きの造船所を造ろうという計画もその一つだ。将来を見据えて貨幣改革も進めている。

過激な狼藉者に関わっている余裕などないのだ。聞けば、毛利家家臣たちは、京都で暗殺を繰り返しているという。その行いには、思慮深さというものは微塵もなく、狂気すら感じる。

だが、腹を立てても仕方がない。目の前にある問題を一つ一つ片づけていくしかない。

その結果がどこに行き着くのかはわからない。それでも、能力の限り、公儀の仕事を続けるしかないのだ。それが自分の使命だと、友五郎は思った。

長州毛利家の御所に対する狼藉が、他人事ではなくなった。

八月三日、友五郎は「毛利大膳太夫征伐御用」を命じられた。毛利家征伐のための動員計画の責任者となったのだ。

公儀に、毛利家追討の勅命が下ったための措置だった。すみやかに手配を始めなければならない。友五郎はまたしても重責を担うことになった。

十八

毛利征伐の準備に忙しい友五郎の元に、朗報が届いた。

ついに、小栗上野介が勘定奉行として、勘定方に帰ってきた。

その知らせを聞いた友五郎は思った。これで、さまざまな懸案事項が進むに違いない。

さっそく、友五郎にお呼びがかかった。

「お奉行、小野友五郎、参りました」

「おお、小野さん。さあ、入ってください」

座敷には小栗上野介しかいなかった。

「失礼いたします」

「毛利征伐御用を任されているそうですね」

「はい」

「長州が、イギリスをはじめとする海外の軍艦から砲撃を受けたという話は聞いていますか？」

「いえ、初耳です」

「先ほど届いた知らせです。毛利が馬関《ばかん》海峡を封鎖していることで、多大な損害を被ったとして、イギリスが報復的な攻撃をしかけました。これに、アメリカ、フランス、オランダも同調して参加しました」

「昨年の外国船に対する砲撃のしっぺ返しというわけですか……」

「あのとき、イギリスは直接の被害にはあっていません。イギリスは、昨年から続く毛利の海峡封鎖を口実に使ったのでしょう」

「口実に……」

「イギリスの動きは不気味です。何せ、あの清国に戦争で勝ち、香港を植民地にして、不平等な条約を押しつけました。虎視眈々と日本の植民地化を狙っているはずです」

「イギリスは、日本との交易を望んでいるのではないのですか」

「小野殿は、船を操ったり、測量をしたり、難しい計算をするのは誰よりも優れておいでですが、政の世界については、あまり得意ではないようですね」

「仰せのとおりです。私は実務の人間ですから……」

「グラバーをご存じですね？」

「長崎のグラバー商会のグラバーですね？」

「そう。グラバー商会というのは、ジャーディン・マセソン商会というイギリスの会社の代理店です」

「ジャーディン・マセソン商会……」

「武器商人ですよ。そのグラバーが、浪人らといろいろと画策しているらしいのです。今回の毛利砲撃も、それと無関係とは思えません」

友五郎は言った。

「おっしゃるとおり、そういう複雑な話は苦手です。グラバーが浪人などと、何を画策するのか理解できません。さらに、それが砲撃につながるなど……」

「その浪人は、勝殿のところに出入りしておりまして……」

「あ、もしかして、元山内家家臣の坂本龍馬という人物ですか？」

「ご存じでしたか」

「つまり、勝さんの背後にはグラバー商会がついているということになるのですか？」

「神戸に操練所を造ろうと言い出したのも、無関係ではないと思います。イギリスにとっても神戸の港は魅力的なはずです」

友五郎はかぶりを振った。

「やはり、そういう複雑なことは、よくわかりません」

「今にいろいろなことが明らかになってくると思います」

「それで、長州毛利家の被害は甚大なのでしょうね」

「そう聞いています」

「それなのに、征伐に向かうのですか？」

「勅命ですからね。別命がない限り、粛々と進めなければなりません」

「かしこまりました」

「……で、具体的には、どのようにお考えですか？」

実務的なことになると、友五郎は立て板に水だ。

「まず、陸軍についてですが、動員をかける大名を、二つに分けます。一方は十万石以上、もう一方は、一万石以上、十万石未満。それぞれに、人数、馬数を割り当て、その扶持・兵糧・秣《まぐさ》を手配します」

小栗上野介は、無言でうなずく。

友五郎は、説明を続ける。

「旗本・御家人も、石高によって三つの組に分けます。さらに、上様御側の三番方と小十人、先手組《さきてぐみ》と別手組、小納戸と小姓というふうに区分けして、それぞれに携行させる大砲、小銃、ランドセル、天幕、寝具などを手配します。それとは別に兵站の準備もいたします」

小栗上野介が言った。

「やはり、小野殿に任せておけば、間違いないようです。では、よろしく頼みます」

「心得ました」

「あ、それから……」

「はい」

「征伐の準備が一段落したら、造船所の件を本格的に考えようと思います。ぜひ、ご協力いただきたい」

友五郎は、ぱっと気分が明るくなり、こたえた。

「もちろんです」


毛利家征伐の準備は、ほぼ小栗上野介に報告したとおりに進めた。動員計画と兵站の準備に目処《めど》がついたら、今度は、行動地域の国絵図も用意しなければならない。

さらに、大坂に集結するまでの各隊の陣立・行列・宿割など、決めなければならないことが山ほどあった。それらがほぼまとまったのは、九月のことだった。

次は海軍の準備だが、これは陸軍に比べるとはるかに容易だった。軍艦を用意して、水・食料・燃料を積み込めばいい。

太平洋を越えた航海を経験し、小笠原や富津・観音崎など豊富な実体験を持つ友五郎は、今や海の達人だ。

そして、すべての準備が整い、毛利家征伐軍が、まずは大坂に向けて出発した。ご公儀の出陣とあって、江戸市中には多くの見物人が集まった。

だが、このとき、上様の御出陣はなかった。総督は、尾張《おわり》権大納言、そして、副将は、松平越前守《えちぜんのかみ》で、一行は十月下旬に大坂に集結して、十一月上旬に広島へ進撃。毛利総攻撃開始は十一月十八日と決まった。

友五郎は江戸に残された。進軍は開始されたが、すでに軍勢は友五郎の手を離れている。十一月になると、ぽっかりと手が空いた。

ここぞとばかりに、小栗上野介が声をかけてきた。造船所の件について、相談したいということだ。

友五郎は、一も二もなく駆けつけた。

小栗上野介は言った。

「建造場所についての、腹案がおありでしょう。それをうかがいとうございます」

友五郎は迷わずにこたえた。

「横須賀《よこすか》湾か貉ケ谷《むじなや》湾がよろしいかと存じます」

「造船用の機械の手配など、どうします？」

「実は、佐賀《さが》松平肥前守《ひぜんのかみ》様がご公儀に献上されたものが、横浜に放置されております。それを使わぬ手はありません」

「なるほど……。わかりました。すぐに、上の者に掛け合ってみます」

「はっ」

小栗上野介の行動力はすばらしかった。その翌日には、城中の大広間で造船所建造についての会議が持たれた。

出席者は、小栗上野介をはじめ、目付の山口駿河守《やまぐちするがのかみ》、海軍奉行の木下謹吾《きのしたきんご》、陸軍御用取扱の浅野美作守《あさのみまさかのかみ》、そして、友五郎の五名だった。

小栗上野介が、製鉄所を併設した造船所の必要性を強く主張し、友五郎がその実用性を説明した。

反論する者はなく、会議の翌日からさっそく、横浜から横須賀にかけての実地調査が行われた。五日間にわたるこの実地調査では、友五郎の能力が遺憾なく発揮された。

実測の技術に加え、小笠原や富津・観音崎で培った地形を見る眼は、同行した者たちを驚かせた。

小栗上野介の行動力は、とどまるところを知らない。

十一月二十二日、小栗上野介は、新任のフランス公使レオン・ロシュと会談して、造船所建設への協力を依頼した。公儀との関わりに積極的だったロシュは、この話に乗り気になり、日仏合同での実地見分が行われた。

十一月二十八日には、再び大広間で、会議が行われた。この会議には友五郎は参加しなかったが、代わりに栗本安芸守《くりもとあきのかみ》が出席した。

栗本は、箱館奉行時代にフランス人宣教師と交流した。その縁で、今回、ロシュと小栗上野介の間を取り持ったのだ。

友五郎が会議に出席しなかったのは、別にお役御免になったわけではない。「毛利征伐御用」のほうで動きがありそうなので、そちらに専念するために、会議や実地見分を免除されたのだ。

そして、十一月末には、小栗、山口、木下、浅野、栗本の五人に、正式に「製鉄所御用」が命じられた。

ここにも友五郎の名前はない。だが、実際には小栗上野介をおおいに助けて、活躍した。具体的には、勘定吟味方として、労働力を確保したり、器械方として鍛冶職人を動員したりといった仕事を受け持った。

「毛利征伐御用」のほうでの動きというのは、まず、十一月中旬に毛利家が禁門での狼藉の責任者を処分し、事実上公儀に降伏したことだ。

「毛利征伐御用」にたずさわった者たちは、その知らせを聞いて、拍子抜けした様子だったが、友五郎はほっと胸をなで下ろしていた。

武士なのだから戦を嫌ったわけではない。もっと実務的な問題だ。もし、戦が続けば、兵員、弾薬、食料の補充が必要になる。その規模は、戦いの状況によって変わってくる。先が読めないが、準備をしないわけにはいかない。

補充というのは、実に頭の痛い問題なのだ。戦いが不発に終わったことで、その心配をしなくて済んだ。友五郎は、それでほっとしていたのだ。

だが、これで気を抜けるかというと、決してそうではなかった。十二月七日、友五郎は、大坂、広島の状況偵察を命じられたのだ。

そして、十五日には、黒竜丸で大坂に向けて出発した。「馬車馬のように」という言葉があるが、まさにこの数年の友五郎の仕事ぶりはそうだった。

仕事が辛いと思ったことはない。自分でなければできない仕事があるという自負もある。だが、今年で四十八歳だ。さすがに若い頃のようにはいかない。大坂までの船旅が、久々の休息になった。

大坂には一週間ほど滞在し、状況を把握すると同時に、この先の視察の旅の段取りをした。

百五十石ほどの廻船に乗り換え、いくつかの港に寄って偵察をしつつ、広島を目指した。上陸するたびに、身の危険を感じた。すでに勝負は決しているとはいうものの、どこに攘夷派の過激分子が潜んでいるかわからないのだ。

船の上にいるときだけは、心安らかにいられた。

広島に着いたのは、明けて元治《げんじ》二年（一八六五年）一月四日のことだ。ここには一日いただけで、再び、いくつかの港を偵察しつつ、神戸にやってきた。

友五郎は、副官に言った。

「ここには、勝安房守が造った操練所がありますね」

「はい」

「寄ってみようと思います」

「ですが……」

「何です？」

「安房守殿は、今江戸においでです」

「ああ、知っています。彼が残した操練所がどのようなものか見ておきたいのです」

勝麟太郎は、前年の十月に突然、江戸に呼び戻された。そして、十一月十日に、軍艦奉行を罷免されていた。

もともと、勝は「ご公儀の海軍ではなく、日本の海軍」などと主張して、諸侯と勝手に連携しようとしており、保守派から睨まれていた。その上、神戸の「海軍塾」で、国を脱した浪人たちを抱えていたことなどが問題になったのだ。

今、勝は江戸で蟄居しているはずだ。勝が去った後、神戸操練所は、佐藤与之助《さとうよのすけ》に任されていた。

佐藤与之助は、勝に蘭学を学んだあと、長崎伝習所で測量術や軍艦操練を学んだ。築地操練所で蘭書翻訳方として勤めていたこともあり、なかなかの人材だった。

もともと庄内《しょうない》の農民の出だが、若い頃からその優秀さは抜きん出ていたという。

友五郎は、佐藤与之助のことをよく知っていた。その気楽さで神戸操練所を訪ねると、突然、こう言われた。

「何用ですか」

表情が固い。何か気に障ることがあったのかと思い、友五郎は言った。

「突然、お訪ねした失礼をお詫びいたします」

それでも、相手の態度は和らがない。

「何用かと、うかがっております」

「せっかく神戸まで参りましたので、操練所の様子など拝見しようと思いまして

……」

「小野殿は、今は勘定吟味役のはず。操練所とは無関係のはずではありませんか」

「軍制掛も仰せつかっておりますので、無関係というわけではありません」

「ご公儀から視察を命じられたのですか？」

「いいえ、そのようなことではありません。もし、正式な視察なら事前にお知らせいたします。操練所を拝見しようと思ったのは、私の思いつきです」

そこで、ようやく佐藤与之助の態度が少しだけ軟化した。

「まあ、そういうことであれば、門前払いというわけにもいきませんね」

佐藤与之助は、友五郎一行を招き入れた。きっと、築地とそう変わらないだろう。

友五郎はそう予想していた。場所は変わっても、軍艦操練という目的は変わらない。

だが、構内を一回りして、たちまちその予想が間違いだったことに気づいた。

これは……。

友五郎は、戸惑った。

軍艦操練に何より大切なのは、規律だ。それは世界中どこでも同じだ。アメリカのメーア島で感心したのは、米兵たちの規律だった。友五郎は、それを期待していたのだが、見事に裏切られた。

明らかに浪人とわかる連中が眼につく。別に浪人が悪いというわけではない。どこからどんな人材が育つかわからない。

問題なのは、その素行だった。服装はだらしがないし、たたずまいが見苦しい。

友五郎は、松岡磐吉の言葉を思い出していた。

「そんな怪しげなやつらが集まっている神戸操練所というのは、築地とはずいぶんと違うと思います」

彼はそう言っていた。今日まで、まさか、と思い気にもしていなかったのだが……。

佐藤は、友五郎の反応に気づいた様子だった。ばつの悪そうな顔をしている。

友五郎は言った。

「彼らは、操練所の生徒ですか？」

「そうです」

「築地とはちょっと雰囲気が違うようですが……」

佐藤がうつむいたまま言った。思い詰めたような顔をしている。

「安房守様の方針でしたから……」

「勝さんの方針……？」

「安房守様は、生徒たちに、さかんに議論をさせるのです」

「議論……」

「そうすると、生徒たちの自我が先走るようになり、技術の習得が進みません」

「そうでしょうね……」

佐藤は、顔を上げると、きっと友五郎を見て言った。

「ここは、閉めたほうがいいと、私は思います」

一月十九日に大坂を発った友五郎は、陸路で江戸に向かった。戻ったのは二月一日のことだった。

友五郎は、すぐに大坂・広島視察の報告を求められた。すでに毛利家の勢力は、そこには見られないことを、つぶさに報告した。

最後に、神戸操練所の様子を報告し、佐藤与之助の驚きの一言を伝えた。

三月、神戸海軍操練所は、正式に閉鎖された。

十九

勘定方に移ってからというもの、友五郎は休む暇もなく、働きつづけた。嵐の中にいるようだと思ったものだが、それがまだ序の口だったのが明らかになってきた。

慶応《けいおう》元年（一八六五年）四月、公儀が二度目の長州毛利家征伐を公表した。今度は、上様が直々に御進発なさるということだ。

友五郎は、そのお供を仰せつかった。

上様はまず、上洛・参内して、毛利家征伐の勅許を求めた。江戸出立から一ヵ月後に大坂城に入った。

友五郎は、またしても大忙しだ。前回同様に、毛利家征伐軍の広島進出を段取りしなければならない。

一度経験しているとはいえ、たいへんな作業だ。今回は規模も大きい。

だが、友五郎はひるむことはなかった。

一介の牧野家家臣でしかなかった自分が、今や上様のお供だ。それを思うと、忙しいだの疲れただのと言う気はなくなる。

津多が生きていたら、目を丸くしただろうな。ふと、そんなことを思った。

友五郎は、次々と計算をこなし、必要な人員、兵站、武器・弾薬を割り出していく。

側近の役人の一人が目を丸くして言った。

「小野様のご指示は、矢継ぎ早で、なおかつ、すべて正鵠《せいこく》を射ております。まことに、神仏のごときお働きです」

「私がやっていることなど、誰にでもできます」

「とんでもない。我々にはとても無理です」

友五郎は、その言葉を不思議に思った。

「足し算とかけ算ができれば事足ります。難しいことは何もありません」

「はあ……。そうはおっしゃいますが……」

「今度は戦になるでしょうね」

「そうですね。前回は、毛利が折れた形で、戦いは回避されましたが、今回は……」

「こんなことをしているときではないのですが……。この戦いに費やす金を、そのまま国の護りに使いたい。江戸湾の防備を固め、軍艦を増やす。兵たちが持つ銃も新しくしたい……」

「毛利や島津も、同じことを考えているのでしょう。つまり、攘夷です」

「国防と攘夷は違います」

「はあ……。違いますか……」

「交渉を基本として、他国と関係を築き、交易をします。それによって財を蓄え、国力を増す。それが国防です。毛利や島津の連中には、どうしてそれがわからないのでしょう」

「あの……」

その役人は、声をひそめた。「ご公儀に、それを行う力があるとお考えですか？」

友五郎は、ぽかんとして言った。

「ご公儀以外に、誰がやれると言うのです」

「ああ……。いや、仰せの通りだと思います……」

相手は、何かを誤魔化すような態度で言った。納得していないのだなと、友五郎は思った。

彼の言いたいことはわかる。老中ら公儀の重鎮たちは、浮き足立っているように感じられる。彼らに大切な政を任せておいていいものかと、考える向きも少なくない。

だが、友五郎が言いたいのはそういうことではない。

公儀には、小栗上野介や木村摂津守改め兵庫頭《ひょうごのかみ》、松平石見守といった優れた指導者がいる。そして、中浜万次郎、松岡磐吉、肥田浜五郎のように頼りになる実務者たちがいる。

彼らだけではない。数多《あまた》の優秀な有司たちが公儀を支えている。それが公儀の強みなのだ。二百六十年の歴史は伊達ではない。

国を一つにして護りを固めなければならない。なのに、私は今、国内の戦の準備をしている。そう思うと、どうにも割り切れなかった。

討伐の勅許が出たのが九月。友五郎は、陸軍の準備を終えると、海軍の兵力を整えた。最新鋭の富士山《ふじやま》丸をはじめとして、翔鶴《しょうかく》丸、大江《おおえ》丸、八雲《やくも》丸、旭日《あさひ》丸といった軍艦を投入して艦隊を編成した。

友五郎は兵站責任者として、翔鶴丸に乗り組むことになっていた。十二月に広島に入ると、友五郎はそこでさらに戦いの準備を進めた。

軍艦に収容するのは、公儀直轄の歩兵四大隊と旧制の持小筒組だ。加えて、友五郎は伊予《いよ》松山《まつやま》松平家から兵を都合し、それを和船十数隻に分乗させることにした。

そうして、刻々と戦いの日は近づいてきた。

広島にいる友五郎のもとに、肥田がやってきた。

「いやはや、息つく暇もないとは、このことだな」

長い付き合いなので、いつしか互いに敬語を使うことはなくなっていた。

「そう言いたい気持ちはよくわかる」

友五郎は言った。

肥田は、上様のお供で立て続けに二度、上洛したと思ったら、オランダに出張を命じられた。その後、フランスを経由して、ようやく帰国したばかりだった。

「日本に戻り、これでようやく千代田形に機関などを取り付けられると思っていたら、この戦に呼び出された」

「オランダはどうだった？」

「私は、石川島を東の長崎製鉄所にしようと、機械の買い付けに行ったんだ。そうしたら、ご公儀から石川島の話はなかったことにすると言われた。すぐに帰国しようと思ったら、フランスに寄れと言うんだ。横須賀に造船所を造るから、その機械や材料を買い付けろと言う。まったく、人使いが荒い」

「そういうことができる人材は限られているんだ」

「おかげで、いつまで経っても千代田形が完成しないじゃないか」

「そのとおりだな……」

国産の蒸気軍艦建造は悲願だ。ただ単に軍艦を造るというだけのことではない。日本の技術力がおおいに発展するということだ。技術力はすなわち国力でもある。

肥田が吐き捨てるように言う。

「こんな戦をしている場合じゃないんだ」

友五郎はうなずいた。

「私もまったく同じ思いだ」

「毛利は、禁門に砲撃した騒動のときは敵同士だった島津と、今般の戦では手を組んだというではないか」

すでにそれは、友五郎の耳に入っていた。

「長州と薩摩が手を組むに当たっては、土佐の坂本という者が暗躍したという話を聞いている」

「ふん。勝の子分だろう。まったく信用のならんやつだ。坂本はグラバーの走狗だという話もある。毛利は島津から武器を買う。その武器は島津がグラバーから買うわけだ。両家が手を組むことで利を得るのはグラバー商会、つまりはイギリスだ」

「ああ……。そのような話を上野介様からうかがったことがある。だが、そんなばかなことがあろうかと思っていた」

「ばかなこと……？」

「だってそうだろう。その話が本当だとしたら、坂本という男はイギリスのために日本国内で争いを起こさせようとしていることになる」

「そうだな。毛利も島津も、グラバーの手先である坂本にまんまと踊らされているのかもしれん」

「だから、ばかなことだと言うんだ。もしそうだとしたら、坂本は、日本よりもイギリスの国益を優先していることになる。それじゃ、とんだ売国奴だ」

「実際にそうなのかもしれん」

「いやしくも、土佐山内家の家臣だった者が、そんなことをするなんて信じられない」

「本人には、そういう自覚がないのかもしれない。グラバーにまんまと乗せられて、荒唐無稽な夢を見ているだけなんじゃないのか。おそらく、勝の大言壮語にも影響されている」

「ならば、イギリスの思惑に釘を刺すためにも、この戦いには勝たなければならない」

友五郎のこの言葉に、肥田はうなずいた。

「私は、富士山丸で思う存分暴れて見せよう」

「毛利家の兵力は三千五百。一方、公儀の軍勢は十万だ」

「しかしな……」

肥田の表情は冴えなかった。

「どうした?」

「その十万は、諸国の寄せ集めだ。装備も古い。ちゃんと働いてくれるかどうか……」

「戦の前に、そんなことを言ってはいけない」

「そうだな。私が受け持つ戦場のことは任せてくれ。敵を蹴散らしてやる」

「そうでなくては困る」

肥田はうなずいたが、その表情は相変わらず冴えなかった。

慶応二年（一八六六年）六月七日、第二次毛利征伐の戦いが幕を開けた。公儀艦隊による、周防大島への砲撃が戦端を開いた。

友五郎は、かねての予定どおり翔鶴丸に乗り、戦闘の様子を見守っていた。

なんと、これが本当の戦争というものか……。

友五郎は、目を見張った。とにかく、砲撃の音がものすごい。それは、単に音だけではなく、空気の衝撃として襲いかかってくる。

日本最大・最新鋭の富士山丸の威力はすさまじかった。艦隊はまず、大島の南西にある上関《かみのせき》港を砲撃した。

岸は破壊され、土埃が上がる。

隣で戦況を見ていた軍艦将校が言った。

「ご公儀の艦隊の圧勝ですね」

友五郎は上関港に立ち上る煙を見やってこたえた。

「そうですね……」

将校が言うとおり、軍艦の砲撃は圧倒的だった。特に、富士山丸に乗る肥田の操船術は見事だ。

友五郎は、その肥田の、先日の言葉と態度が気になっていた。肥田は、公儀の軍勢がちゃんと機能しないのではないかと危惧している様子だった。

戦いは始まったのだ。気にしても仕方がない。友五郎は、そう思うことにした。準備に怠りはない。兵站も充分なはずだ。やるべきことはやった。万が一、肥田が心配するとおりになったとしても、それはどうしようもないことだ。

友五郎は、思い悩むのを止めて、艦隊の砲撃を見つめていた。

翌日には、伊予松山松平家の兵が大島に上陸した。友五郎は、砲撃によって破壊された港に、和船から兵たちが上がっていく様子を眺めていた。

砲撃、上陸。まずは定石どおりだと、友五郎は思った。

その日の夜のことだ。翔鶴丸の艦長が苦り切った表情なのに気づいて、友五郎は尋ねた。

「何か問題がありますか？」

「あ、小野殿……。実は、松山松平家の兵のことなのですが……」

「大島に上陸したのを見ました。島内を制圧しているものと思いますが、それが何か

「住民に狼藉をはたらいているという知らせが入りまして……」

「狼藉……？」

「乱暴や略奪です」

「え……」

友五郎は、言葉を失った。艦長が言った。

「戦となれば、まあ、ある程度は仕方のないことかもしれませんが、いやしくも上様の軍勢なのです。見苦しいことは控えてもらいたいものです」

「おっしゃるとおりです」

「これでは、義も何もない毛利の軍勢と同じではないですか」

友五郎は、毛利にまったく義がないとは思っていない。彼らなりに信じるものはあるはずだ。ただ、どう考えてもそれが理解できないだけだ。

そして、毛利勢に対してそういう言い方をしたい艦長の気持ちはよくわかった。なにせ、敵なのだから仕方がない。

「義がなければ、戦には勝てません」

艦長のその一言で、友五郎はまたしても肥田の言葉を思い出していた。

翌九日には、公儀艦隊が移動して、大島の北にある久賀《くか》を砲撃した。十一日には、再び艦隊が砲撃し、久賀から公儀陸軍が上陸した。

まさか、公儀直轄の陸軍が、松山松平家の兵のような真似はしないだろうな。友五郎はそんなことを思ったが、もちろんそれは杞憂だった。

その日、島の南側の安下庄《あげのしょう》から、さらに松山松平家の兵が上陸し、島内で戦闘が始まった。

敵を蹴散らしたのは、肥田が率いる富士山丸の絶妙で強烈な砲撃だった。その夜のうちに、長州毛利家の軍勢は、すべて本州の遠崎《とおざき》に撤退した。

公儀の軍勢が周防大島を制圧したのだ。これは、友五郎の計算通りだった。

しかし、勝ち戦はここまでだった。

十二日夜のことだ。友五郎は、轟音と激しい船の揺れに仰天した。そろそろ寝台に向かおうかと思っていた矢先だ。

船室を出て、行き過ぎようとする乗組員に尋ねた。

「何事か」

「砲撃のようです」

「砲撃？　毛利の船か？」

「そのようです」

友五郎は甲板に出ようとした。すると、乗組員に止められた。

「危険です。ここにいてください」

「そんなことを言っているときではない。私も軍艦乗りだ」

甲板に出て状況を見ると、砲撃をしている船は一隻のようだった。

友五郎同様に、甲板から様子を見ていた将校に尋ねた。

「敵は一隻ですか？」

「そのようです。すでに逃走の態勢にあるようです」

「こちらの被害は？」

「軽微です」

「追撃はしないのですか？」

「大島を制圧した後ですし、夜間なので、船の蒸気を落としておりました。今から、この翔鶴丸と八雲丸で追走するのですが、追いつけないでしょう」

「肥田の富士山丸は？」

「今、島の南のほうに回っており、こちらにはおりません」

ようやく翔鶴丸が動きはじめた。だが、将校が言うとおり、時すでに遅しだった。

毛利の船は暗い夜の海の彼方に消えていた。

単独の軍艦による、その夜討ちが反撃の狼煙《のろし》だった。その三日後の十五日、長州毛利家の軍勢が大島に押し寄せた。そして、十七日には、島を奪還されてしまった。

長州毛利家攻撃の拠点は四つあった。

一つは、友五郎が直接関わった大島から攻め込む上関口と呼ばれる侵攻拠点だ。

二つ目は、山陽道方面から侵攻する芸州口《げいしゅう》。

三つ目は、山陰道方面から侵攻する石州口《せきしゅう》。

そして最後が、九州方面から侵攻する小倉口《こくら》だ。

公儀の勝ち戦は、戦端となった上関口の大島戦だけだ。あとは散々だった。

芸州口の戦いでは、公儀陸軍歩兵が善戦したが、毛利家の近代的な戦法には敵わなかった。

最も戦いが長引いたのが小倉口だった。小倉小笠原家が、長州毛利家に対して必死の抵抗をした。さらに、肥後細川《ほそかわ》家の軍勢が小笠原側に参戦して、一時優勢になった。だが、この先どうなるかわからない。

その結果を待たずに、友五郎は江戸に帰府するように命じられた。蒸気船買い上げのためだと言われた。

友五郎は、まず船で大坂に着いた。大坂城で、戦況の報告をするように言われた。

友五郎は包み隠さず、敗戦の報告をした。聴き取りをしていた目付が、最後に尋ねた。

「十万の軍勢が五千に満たない毛利に敗れました。いったい、これはどういうことなのでしょう」

友五郎はこたえた。

「いくつか原因がありますが、最大の原因は訓練の方法でしょう」

「訓練の方法……」

「近代的な訓練を受けた紀《き》州《しゅう》水野《みずの》大炊頭《おおいのかみ》様の歩兵は、充分な働きをしたと聞いております。しかしながら、その他の諸侯の軍勢はいまだに鎧兜で昔ながらの戦い方です。軽装で最新式の銃を持った長州毛利家の軍勢には太刀打ちできませんでした」

「小倉はまだ持ちこたえているということですが……」

「小笠原、細川両家が奮戦しております」

そう長くはもたないだろうと思いながら、友五郎はそう言うに留めた。

「毛利は最新式の銃を持っていると、今仰せになりましたね？」

「ミニエー銃です。水野様指揮下の歩兵は、ゲベール銃を持っておりましたが、ドングリ形の銃弾を使い、銃身に螺旋《らせん》の溝を切ったミニエー銃は、それよりもはるかに射程が長く、命中率が高いのです。弾込めも容易です」

「長州は、どこからそのような銃を……」

「密貿易でしょう。ミニエー銃はフランスやイギリスの軍隊で制式採用されておりますので」

目付は口をあんぐりと開けてしばし、友五郎を見つめていた。やがて彼は言った。

「一体、どこでそのような知識を……」

「私は軍制掛を仰せつかっておりますので、軍備についてはいろいろと調べました」

「あいわかりました。いや、ご苦労でした」

大坂城での報告が済むと、友五郎は陸路で江戸を目指した。

毛利との戦いはまだ続いていたが、友五郎は軍艦の購入のために呼び戻された。それについては、格別に思うところはなかった。

戦地に残りたいとも、戦いを抜けることを残念だとも思わなかった。また、江戸に戻れることがありがたいとも思わない。

軍艦を購入する役目には自分が適任だと考えただけだ。実際、軍艦の構造を知り尽くしており、勘定方にいるので金の使い方も知っている。自分以上に、うまく軍艦の買い物をできるものはいないだろうと、友五郎は思った。

江戸に戻ると、友五郎はさっそくイギリスで建造されたダンバートン号とターパンニョ号の二隻の購入を決めた。これはそれぞれ後に、長鯨丸《ちょうげい》、奇捷丸《きしょう》と改名された。

さらに、アメリカに発注済みのまま、まだ到着しない二隻の軍艦をどうするか考えなければならなかった。

結局、この軍艦購入が、公儀の海軍拡張計画の最後を締めくくることになった。

二十

七月二十二日、江戸城で仕事中だった友五郎は、以前と同じように老中松平石見守改め周防守から呼び出された。周防守は、海軍事務取扱を兼務しているので、軍艦買い付けについての話かと思って参上した。

松平周防守が言った。

「至急、上坂してください」

また大坂と思ったが、公儀の命令とあれば仕方がない。

「かしこまりました。……で、用向きは？」

「一橋様が、大討込とのご意向です」

松平周防守が一橋様と呼んだのは、徳川慶喜《よしのぶ》のことだ。一昨年まで、将軍後見職だったが、今は禁裏御守衛総督に就いている。その名のとおり、御所を護衛するための役職だ。

「大討込とは……？」

「毛利討伐です。戦の旗色が悪いので、業を煮やしたご様子で……」

「なぜ、一橋様が……」

友五郎は素直に疑問を口にした。反撃のために軍勢を鼓舞するのは、自ら出陣なさっている上様の役目ではないのか……。

「一橋様は、毛利の禁門への狼藉の際に、馬にも乗られず毛利勢と斬り結んだお方です。兵を率いて自ら出陣することで、勝ち戦にしたいとお考えなのでしょう」

「しかし、上様を差し置いて……」

松平周防守の表情がいっそう引き締まった。顔色が悪い。何かあったのかと思い、友五郎は言葉を待った。

松平周防守が声を落として言った。

「これから申すことは、厳に秘していただきたい」

「は……」

絞り出すような松平周防守の声が聞こえた。

「上様は、大坂城にて薨去《こうきょ》あそばされました」

友五郎は、言葉を失った。

松平周防守が続けて言った。

「ですから、すぐに大坂に向かってください」

上様がお亡くなりになった……。

友五郎は、衝撃を受けたまま大急ぎで準備をして、軍艦で大坂に向かった。

大坂と江戸を行ったり来たりだ。肥田もそうだが、友五郎もきわめて多忙だった。嵐の中にいるような日々の中で、やはり軍艦に乗って移動している間だけが、休息の時間だった。

大坂城に到着すると、友五郎はさっそく担当の目付らに説明を求めた。

徳川慶喜が広島に向けて出発するのは、八月十二日を予定しているということだ。もうそれほど日がない。

友五郎は、大急ぎで兵員の補充をしなければならなかった。これまでの戦いで、旧来の諸侯の軍勢は、あまり役に立たないことがわかった。

近代的な訓練を受け、ゲベール銃を携えた公儀の陸軍を投入したいところだ。だが、残っている陸軍兵の数は充分とは言えない。

これまでに投入した陸軍兵を再編成しなければならないか……。

友五郎は、それがきわめて難しいことを知っていた。兵士は人間なのだ。生き残りであっても、疲弊しているし、中には恐怖にかられて使いものにならない連中もいる。

それをかき集めて、再び戦場に送り出すのには無理がある。

八月十二日の期日は迫ってくる。さて、どうしたものかと、友五郎が珍しく考え込んでいると、慶喜から直接呼び出された。

「芸州出陣の準備をしておるな」

「御意にございます」

「それはもういい」

「は……？」

「出陣は取りやめだ」

「取りやめ……」

「小倉城が落ちたという知らせを受けた。もう駆けつけても間に合わん。こたびは負け戦だ」

友五郎は安堵した。一橋様が出陣するとなれば、万単位の歩兵が必要だ。だが、それを集めるのは不可能だ。その必要がなくなり、ほっとしたのだ。

「そのほうは、負け戦の理由について、兵の訓練の差だと申したそうだな」

「申しました」

「詳しく聞かせてくれ」

友五郎は、先日目付に語ったことを繰り返した。

一橋禁裏御守衛様は、ふんふんと半眼で話を聞いている。本気で聞いているのかどうかわからない。

相手がちゃんと聞いていようがいまいが、友五郎は必要なことを正確に伝えようとする。やがて、話を聞き終えた一橋様は言った。

「あいわかった。戦が終わったら、すぐにでも陸軍の改革を進めようと思う」

どうやら、しっかりと話を聞いてくれていたらしい。友五郎はそう思った。何を考えているのかわからないのが、一橋様の特徴のようだった。

「それはまことに、急務かと存じます」

「さて、そうとなれば、さっさと戦を終わらせなけりゃならんな。御所と話をして、終戦の勅命を出してもらおう。上様薨去を公にすれば、禁中も嫌とは言えんだろう」

そんな話を、私にしてどうしようというのだろう。友五郎は、そう思いつつ、黙って話を聞いていた。

一橋禁裏御守衛様の話が続いた。

「勅命が出たら、誰かに毛利と話をつけさせる。勝安房守あたりではどうかな……。そのほう、どう思う」

実務ではまったく役に立たない勝も、交渉事には向いているのかもしれない。人を食ったようなところがあり、声が大きく、よくしゃべる。

どうやら一橋様は、勝を評価している様子だ。友五郎はこたえた。

「適任かと存じます」

「わかった。下がってよいぞ」

友五郎は退出した。

その後、事態は一橋様の仰せのとおりに進んだ。

八月二十日に上様の喪が発表された。その翌日、毛利との戦いを止めるようにとの勅命が下された。

八月二十九日に、友五郎は、また江戸に戻るように命じられた。さらなる軍艦調達のために、渡米することになり、すぐにその準備にかかるように命じられたのだ。

また、アメリカか……。

友五郎は、サンフランシスコやメーア島の風景をなつかしく思い出していた。

一橋様の命を受けた勝安房守は、九月二日に、宮島《みやじま》で毛利方と会談した。先方の出席者は、広沢真臣《ひろさわさねおみ》と井上馨《いのうえかおる》。その結果、停戦の合意が成された。

しかし、毛利家はこの合意に従わず、小倉小笠原家の領地への侵攻を続けていた。

公儀には、約束を守らずやりたい放題の毛利を責める力もないのか。友五郎は、それが悔しかった。

江戸に戻り、渡米の用意をしていると、松岡磐吉が訪ねてきた。

「聞きましたよ。またアメリカに行かれるのですね」

「ええ。軍艦やその他の軍備の調達が目的です」

「勘定方にいながら、軍艦に誰よりも詳しく、また、アメリカに行った経験もおありだ。小野先生を措いて他に、その役目を果たせる者はおりませんね」

「私にできることなら、何でもやります。これで、公儀の軍備が充実するのなら……」

「軍艦は増えて、海軍の人材は育ちました。問題は、陸軍ですね」

「一橋様が、フランスの力を借りて、陸軍の改革に乗り出しています。早々にその結果が出るはずです」

「今回のアメリカ行きは、まだ履行されていない、取引を終わらせるためですね」

「そうだと聞いています。元公使のプルーインとの契約ですね。アメリカは、国内を二分する戦争があったとかで、終戦後余っている軍艦があるそうです。それを買い付けることになりそうです」

「なるほど……。ときに、赤松を覚えておいでですか？」

「もちろんです。大三郎ですね。咸臨丸でいっしょにアメリカに行った仲ですから」

「今は、則良《のりよし》と名乗っていますが……」

「ずいぶんと長いこと、会っていません」

「今は、オランダにおります」

「ああ、そうでしたね。当初、アメリカ留学の計画がありましたが、戦争でそれが叶わなくなり、急遽行き先をオランダに変更したのでした」

「咸臨丸のときは、まだ手伝いの身でしたが、ずいぶんと立派になりました」

「彼には、天測の才がありました」

「赤松からもらった文に、榎本《えのもと》のことが書かれていました」

「榎本釜次郎《かまじろう》ですか？　長崎伝習所の二期生でしたね。たしか、箱館奉行の従者で、蝦夷地《えぞち》と樺太《からふと》を見て回ったことがあるとか……」

「その榎本です。かつては釜次郎でしたが、今は武揚《たけあき》というそうです」

「その榎本武揚がどうかしましたか？」

「すこぶる優秀な男で、なおかつ視野が広く、志が高いと……。赤松がずいぶんとほめているのです」

友五郎はうなずいた。

「海軍には、優秀な人材がいくらでもいます。誇らしいことです」

「いつか、榎本や赤松と海に出たいものです」

「どんどん活躍してください。私も、この年ですが、負けてはいません」

「この年……」

松岡は意外そうな顔で言った。「先生が年の話をされるとは思いませんでした」

「もう五十です。だんだん無理も利かなくなります」

「こんなことを申し上げては、失礼に当たるかもしれませんが……」

「何です？」

「お一人では、何かと不自由ではありませんか？」

友五郎はきょとんとした。

「一人が一番自由でしょう」

「あ、いや……。そういうことではなく、身の回りのこととか……。いろいろとたいへんでしょう」

「身の回りのことは、使用人がやってくれます」

「先生は、東奔西走で家をおあけになることも多いでしょう。お留守番がいないと、心配なのではないですか？」

「盗まれて困るものは、あまりないのですが……」

「お内儀が必要なのではないかと申し上げているのです」

「内儀……」

友五郎は驚いた。「考えたこともありませんでした……」

「ならば、この機会にお考えになってはいかがです？」

「はあ……」

友五郎にはまったくその気はなかったのだが、この会話が呼び水になったのだろうか、渡米を間近にひかえた九月二十六日に、縁あって再婚をすることになった。

相手は、うたといった。富士見宝蔵番の河合《かわい》鎬吉郎《こうきちろう》の姉だ。

松岡が再婚話をしたのは、偶然だとは思えなかった。かといって、神仏が取り持った縁などではない。

友五郎の周囲の者たちは、みな男やもめの友五郎に気を揉んでいたのではないだろうか。彼らは、友五郎のあずかり知らないところで、相手を探し、段取りを進めていたに違いない。

松岡は、その中の一人に過ぎなかったのだろう。

うたは、津多とはまったく違った女房だった。津多は、いかにも士族の娘らしく、控え目でいて、芯が強かった。

一方、うたは、裏表がなく開けっぴろげな性格だ。何事にもてきぱきとしており、武家の育ちというより、まるで職人の女房か何かのようだった。

それはそれでありがたいと、友五郎は思った。

なにせ、私は職人のようなものだからな……。

「旦那様は、身の回りの品々などお気になさらず、お仕事の荷物をおまとめくださ い」

うたはそう言って、しっかりと旅支度をしてくれた。おかげで、渡米の準備は急速に進んだ。

城内で渡米のための書類をまとめていると、勘定奉行の小栗上野介に呼ばれた。

「またアメリカですね。なにやら、うらやましい気がします」

「前の航海からずいぶんと経ちました」

「たいへんなお役目ですが、よろしく頼みます」

「要するに、アメリカから金を取り返し、その金で新たに船や武器を買う交渉をするわけですね」

「そういうことです」

元公使プルーインとは、軍艦三隻を買うということで話がまとまっていた。だが、その後アメリカで南北戦争が起きていて、軍艦の建造が遅れた。

さらにこの間、薩摩とイギリス艦隊が戦い、両者に被害が出ていた。そのために、イギリス公使の申し入れで、ようやく完成した富士山丸が、アメリカに抑留されていた。

その後、富士山丸は日本に引き渡され、毛利討伐戦などで活躍したわけだが、残りの二隻はまだ着かない。

いろいろ調べてみると、これは正式なアメリカ政府の取引ではなく、プルーインの私腹を肥やすための、いわば内職のようなものだということがわかった。

そこで公儀は、残り二隻の買い付けを中止し、その代金を回収することにしたのだ。友五郎が、「アメリカから取り返す」と言ったのはそういうことだ。

小栗上野介が言った。

「回収した金で、すぐにでも使えて、なおかつ威力のある軍艦を買い付けていただかなくてはなりません。小野さんにしかできない仕事です」

「私でなくてもできますよ」

「いえ、私はそう思っています」

「まあ、できる限りのことはしてきます」

「ときに、横須賀造船所ですが、小野さんが長州毛利と戦っている十一月に着工しました。肥田さんがフランスで買い付けてきた機械もじきに届くはずです」

話は聞いていた。

「製鉄所で使う鉄鉱石を掘り出す鉱山を、上野国に作るそうですね」

「中小坂《なかおさか》村というところです。鉄の埋蔵量が莫大でしかもきわめて良質です。ただ、近くで石炭が取れないので、当面は木炭による高炉を建造する予定です」

「鉄が作れれば、国産の装鉄艦を作ることもできます」

「仰せの通り、小野さんがアメリカから軍艦やその他の武器を買い入れ、千代田形が完成し、さらに横須賀造船所ができれば、公儀海軍の力はおおいに増します。そうすれば、諸外国に対する発言力も強くなります。国力というのは、外国と交渉をするときに重要なものなのです」

やはり、小栗上野介の説明は筋が通っていると、友五郎は思った。

「私は、攘夷を声高に叫ぶ連中の考えが、どうしても理解できません」

その友五郎の言葉に、小栗上野介は表情を曇らせた。

「毛利と島津が手を組んだのは、ちょっと面倒ですね。毛利討伐戦で公儀が負けたのは痛い……。この勢いで、毛利は天下を取るつもりなのかもしれません。小野さんは、どうお考えですか？」

「世の中は足し算だと思っております」

「ほう……。足し算？」

「足りないものを補っていくことで、強くも大きくもなれます。しかし、毛利や島津は、引き算ばかり考えている」

「なるほど……。邪魔なものは排除する。目障りなものは打ち払う……」

「はい。ですから、彼らが天下を取れば、日本はきっとゆとりも品格もない粗末な国になっていくでしょう」

「品格ですか」

「己にないものを自覚し、他者のよさを認めて足し算をしていく。品格というのは、そうして育っていくものでしょう。引き算ばかり考えている連中には、品格が備わることはありません」

小栗上野介は、しばらく考えていたが、やがて言った。

「どんなことになろうと、我々は公儀のため、日本のために働かなくてはなりません。私はそれに全力を尽くします」

友五郎はうなずいた。

「私も同じ覚悟です」

その翌日のことだった。城から戻ると、うたが言った。

「お客様がいらしてお待ちですが……」

「客……？」

「福沢とお名乗りです」

福沢といえば、咸臨丸で木村兵庫頭の従者をしていた福沢諭吉しか思い浮かばない。

すぐに会いに行った。

「やはり、あなたでしたか」

「小野さん」

福沢諭吉が言った。「今日はお願いの儀があって参りました」

友五郎は福沢と向かい合って座った。

「頼み事ですか。何でしょう？」

「私をアメリカに連れて行ってください」

友五郎はしばらく無言で、福沢諭吉を見つめていた。

二十一

「連れて行けと言われましても……」

福沢の言葉に、友五郎は戸惑った。「私にそんな権限はありません」

「何を言われます。小野さんは、今回のアメリカ行きの正使であられます。人選も思いのままでしょう」

「すでに渡航する者の選別は終わっていると思います」

「木村兵庫頭様から、推薦の文をいただいてまいりました」

「そう言えば、咸臨丸では、兵庫頭様の従者をされていたのでしたね」

「その後、兵庫頭様のおかげで、ご公儀外国方に出仕することができました。文久二年の遣欧使節団にも、翻訳方として参加いたしました」

文久遣欧使節団といえば、老中の松平周防守らが参加したものだ。

「ほう……。そうでしたか……」

「ですから、今回もぜひごいっしょにアメリカに行ければと存じまして……」

それだけの経歴があれば、申し分はない。しかも、木村兵庫頭の推薦状があるのだ。

だが、友五郎は少しばかりひっかかるものを感じた。

「文久の使節団では、翻訳方とおっしゃいましたか？」

「左様です」

「通弁方ではないのですか？」

「私は会話より複雑な文書を翻訳することが得意なのです。私は、アメリカとヨーロッパを旅した経験から、日本には洋学が必要だと考えております。なぜなら、言葉だけを訳しても、日本人にはまったく理解できない事柄があるからです。例えば、病院、郵便、徴兵令、選挙などです。言葉だけでなく、それがどのようなものなのかを学ばねば……」

友五郎は、片手を挙げて福沢の言葉を制した。

「わかりました。たしかにおっしゃるとおりかもしれません。しかし、今回のアメリカ行きは、軍艦等の買い付けが目的です。洋学は関係ありません」

「あ、これは失礼いたしました。私が申し上げたかったのは、ことほど左様に私は翻訳に通じているということです」

「そういうことでしたら、かつて咸臨丸でごいっしょしたことでもありますし、何とかなると思います」

福沢は満足そうな笑顔を見せて言った。

「どうぞ、よしなにお願いいたします」

福沢が帰ると、うたが言った。

「あの人は何です？」

「中津奥平家《なかつおくだいら》の家臣で、今はご公儀外国方に出仕していると言っていましたね。かつて、いっしょにアメリカに行ったことがあります」

「アメリカとはメリケンのことですね。ならば、立派な方なのですね」

「アメリカでてんぷらを揚げようとして火事を起こしましたがね……」

「お気をつけあそばしたほうがよろしゅうございます」

うたが強い口調でそう言ったので、友五郎は驚いた。

「何に気をつけるのです？」

「人相がよくありません」

「人相ですか……」

「はい。何事につけ、自分が大切。他人の思惑などどうでもよい……。そういう顔をしておいでです」

友五郎は、人相や易《えき》などの占いは信じていなかった。だが、うたの自信に満ちた態度は説得力があった。友五郎は言った。

「では、気をつけることにします」

肥田浜五郎のオランダ出張や、毛利討伐のために、なかなかはかどらなかった千代田形の建造だったが、慶応二年の十二月には、どうにか完成にこぎ着けた。友五郎の執念とも言える努力がようやく実を結んだのだ。

翌三年（一八六七年）二月に、品川で公式に試運転を行うことになっていたが、友五郎はそれには立ち会えなかった。

一月にアメリカに向けて出発しなければならなかったからだ。公務とあれば仕方がない。

友五郎を正使とした使節団は、総勢十人だった。彼らは、米国太平洋郵船会社《パシフィック・メール・スチームシップ・カンパニー》の外輪船コロラド号で、一月二十三日に横浜を出発した。

七年前に、咸臨丸でアメリカに向けて出港したとき、友五郎には不安はなかった。天測の自信があったからだ。

今回も不安はない。あれから充分に航海の経験を積んだので、船上にいるとまるでわが家にいるかのように落ち着けた。

咸臨丸のときは、出発してからずっと悪天候に悩まされた。だが、今回はそのようなこともなく、船旅は順調だった。

サンフランシスコに着いたのは、日本の日付で二月十六日のことだった。入港するときに、友五郎は遠くの山並みを懐かしく眺めていた。

ジョン・ブルックと咸臨丸入港の時刻について、予想が一致せず、勝負をすることになった。結局、友五郎が負けたのだが、あのときに見たサンフランシスコの山だ。今でもはっきりとその形を覚えていた。

小野使節団一行は、サンフランシスコに十日間滞在した。友五郎は、再びアメリカにやってきたという感慨を味わっていた。

その後、汽船ゴールデン・エージ号でパナマに到着。鉄道で地峡を渡り、アスピンワルから汽船ニューヨーク号に乗った。

三月十九日にニューヨーク港に到着し、二十二日に特別列車に乗ってワシントンを目指した。

船旅にはすっかり慣れている友五郎だが、列車の長旅は初めてのことで、車窓を流れていく景色を飽かず眺めた。

ワシントンに到着すると、一行はウオルムレーホテルに案内された。

その夜、ホテルで旅の疲れを癒していると、来客だという知らせを受けた。訪ねてくる者の心当たりなどない。

誰だろうと思っていると、ノックの音が聞こえた。ドアを開けると、そこに立っていたのは、間違いなくジョン・ブルックだった。

驚いた友五郎は、思わず日本語で言った。

「いったい、どうしてここに……」

ブルックは笑顔で何事か言った。アメリカ訪問の経験があるとはいえ、友五郎は英会話ができるわけではない。

ブルックを部屋に招き入れておいて、すぐに通弁御用の津田仙弥《つだせんや》を呼んだ。津田は、経験豊富な通弁だ。さっそく、津田を通してブルックから話を聞いた。

ブルックは今、レキシントンという町に住んでいるのだという。そこがワシントンとどれくらい離れているのか、友五郎は知らない。だが、ブルックもワシントンに宿をとっているということだから、かなり遠いのだろうと思った。

「従妹がサンフランシスコに住んでいて、あなたの訪問を知らせてきました。それで、矢も楯もたまらなくなり、レキシントンからワシントンにやってきて、あなたの到着を待っていたというわけです」

津田を通じて、ブルックがそう言った。

友五郎は感激していた。まさか、彼に会えるとは思ってもいなかったのだ。

友五郎は言った。

「懐かしくて涙が出そうです」

「あなたたちが日本に向けて出発した翌年、シビルウォーが起きました」

友五郎はうなずいた。

「話は聞いています。お国が、北軍と南軍に分かれて戦ったのだそうですね」

ブルックの父方も、彼の妻も故郷はヴァージニアだったそうだ。南部連合の中心地だ。一方で、ブルックが人生の大半を過ごした海軍の大部分は、北部連邦についた。

ブルックは悩んだ末に、南部海軍に技術士官として勤務することにしたという。

「南部海軍に勝ち目はありませんでした。でも、私なりに頑張りました」

控え目な言い方だが、ブルックがおおいに活躍したことは間違いない。彼が発明したブルック砲のことは聞いていた。工業力が弱い南部連合でも作ることができる鋳鉄製で、なおかつ最強の威力を発揮したのだ。

南部海軍にいたブルックは終戦後、連邦海軍に入ることはできず、なんとかレキシントンにあるヴァージニア軍事大学の、物理学・天文学教授の職に就いたということだ。

ブルックほどの人材を船に乗せない連邦海軍は、なんと愚かなのだろうと、友五郎は思った。

「軍艦を買いにきたと聞きましたが……」

ブルックにそう言われ、友五郎はプルーインとの取引きについて詳しく説明した。

友五郎の話を聞きながら、ブルックは笑い出していた。

「相変わらずですね……」

ブルックのその言葉に、友五郎は思わず聞き返していた。

「相変わらず……？」

「ええ、あなたは世間話などには興味がなく、常に物事の優先順位を考えておられる。今何をすべきかをよくおわかりなのです」

津田が訳すその言葉を聞いて、友五郎は申し訳なく思った。

「あ、すみません。せっかく会いにきてくださったのに、役目の話ばかりしまして……」

「かまいません。私も世間話など好きではない。船の話なら、私も大歓迎です。アメリカの軍艦のことなら任せてください」

友五郎は目を輝かせた。

「ブルックさんにご助言いただければ、鬼に金棒です」

「新造艦ではなく、中古の船をお買いになるのですね」

「そうです」

「戦争が終わった今、海軍にはモニター艦が余っています。おそらく、それを勧められることでしょうが、私はそれよりも装鉄艦がいいと思います。モニター艦は、低乾舷で航洋性に劣るので、日本まで回航するには装鉄艦のほうがずっといい」

友五郎はうなずいた。

低乾舷というのは、水面から上甲板までの距離が短い船、つまり喫水線から上が低い船ということだ。

モニター艦はその低乾舷の船に大口径の主砲を積んだ軍艦のことだ。沿岸や内水域で使用されることを想定した艦で、移動砲台的な性格を持つ。従って、長い航海には適していないということだ。

「私もそう思っていました」

「装鉄艦も探せばきっとあると思います」

「心強いお言葉です」

「私もまだしばらくワシントンにいるつもりなので、今度は図面や模型などを持ってきましょう」

「それは願ってもないことです。心から感謝します」

友五郎と握手を交わすと、ブルックは引きあげた。

友五郎は、津田に言った。

「あなたの通弁は完璧ですね。感心しました」

「恐れ入ります」

「通弁だけでなく、文書の翻訳もできますね？」

その友五郎の問いに、津田は怪訝そうな顔をした。

「もちろん、翻訳もできないことはありませんが……。何か翻訳でお困りのことでも？」

そのとき気にしていたのは、翻訳御用の福沢のことだった。信用していないわけではないが、正規に選ばれた者ではないので、万が一ということがある。

もしかしたら、気になるのは妻のうたのせいなのかもしれないが……。

友五郎は言った。

「いや、気にしないでください。急にお呼びしてすみませんでした」

「とんでもない。通弁というのは、そういうものと心得ておりますので……」

津田が一礼して友五郎の部屋を出て行った。

友五郎たちは商談だけではなく、外交もこなさなければならない。

三月二十八日には、国務省を公式訪問し、国務長官のウィリアム・H・スワードに面会した。老中連名の公式書簡を預かっており、それに英訳文をそえて、スワードに渡した。

四月一日には、そのスワードと共にホワイトハウスを公式訪問。ブルールームで、第十七代大統領アンドリュー・ジョンソンとファーストレディーに謁見した。

このとき、通弁を担当したのは、津田ではなく、もう一人の通弁御用の尺振八《せきしんぱち》だった。尺は、中浜万次郎に手ほどきを受けたこともあり、英会話だけに限れば津田よりも堪能だった。

ホワイトハウス内の見学を終えてホテルに引きあげると、再びブルックが訪ねてきた。彼は前回言ったように、いくつかの図面と模型を携えていた。

友五郎は、津田を呼んで通弁を頼み、ブルックに言った。

「図面や模型などは、ワシントンで、いったいどうやって入手されたのですか?」

ブルックの言葉を津田が訳す。

「海軍で働くことはできませんでしたが、知り合いはたくさんいます。そういう人たちから借り受けてきました」

友五郎も専門家なので、図面があれば話が早い。あれこれ細かな点を質問する。ブルックが即座にそれにこたえる。

実に有益な情報交換ができた。ひとしきり船の話をした後に、ブルックが言った。

「購入艦が決まったら、日本までの回航には私が艦長を務めたい。日本に行ったあかつきにはご公儀海軍のために働きたいと思っています」

ブルックは、また軍艦に乗りたいのだ。だが、アメリカにいてはその願いは叶わない。

友五郎には、彼の気持ちが痛いほどわかったので、ブルックが帰った後、海軍方とそのことについて話し合った。

今回の使節団の海軍方は、小笠原賢蔵《おがさわらけんぞう》と岩田平作《いわたへいさく》の二人だ。小笠原は、軍艦操練所での友五郎の弟子で、岩田は長崎伝習所で友五郎と同じ一期生だった。

いずれも、気心の知れた仲間なので、忌憚のない意見を交わすことができる。友五郎は、ブルックの願いを二人に伝え、できればそれを叶えてやりたいと言った。

小笠原が言う。

「先生のおっしゃることですから、できればそうしたいとは思いますが……」

友五郎は言った。

「軍艦の士官としての技量や知識は申し分ありません。経験も豊富です。彼が日本海軍に加わってくれたら、鬼に金棒ですよ」

今度は岩田が言う。

「それはわかりますが、今回の回航は、アメリカ海軍の現役士官に任せるべきだと思います」

友五郎は岩田に尋ねた。

「なぜです？　ブルックより優秀な艦長は、おそらくいませんよ。彼がいなければ、咸臨丸は嵐で遭難していたでしょう」

「この商談は、ご公儀とアメリカ政府の間で交わされるものです。ですから、すべて公式に執り行わなければなりません。購入艦を日本に届けるのは正式な海軍士官でなければならないのです。でないと、万が一のときに責任を取ってもらえません」

友五郎はその言葉に、なるほどと思った。政治を考えれば合理的な意見だ。だが、友五郎はもう一つの合理性との間で揺れ動いていた。

最も優秀と思われる人材を適所につけるという合理性だ。ブルックは、友五郎が知る限り最も優秀な軍艦乗りなのだ。

しかし、悩んでいた時間はそれほど長くはなかった。自分の立場を考えれば、選ぶべき合理性は明らかだった。

「わかりました」

友五郎は言った。「岩田さんの言うとおりです。ブルックにはそう伝えましょう」

小笠原と岩田は、ほっとした顔をした。

後日、ブルックが訪ねてきた折に、友五郎は、そのことを告げた。ブルックは明らかに落胆したはずだが、それを表に出すまいと、明るく振る舞っていた。

「明日、私はレキシントンに向けて出発しなければなりません。お会いできて本当によかった」

「私も嬉しかったです」

「また会いましょう」

「はい。必ず」

ブルックは、レキシントンに帰っていった。彼は戦争中に妻を亡くしたのだという。幼い娘がいるというので、友五郎は彼女にちりめん一反を贈ることにした。

いよいよアメリカ政府との軍艦購入の交渉が始まった。日本側の要求を伝えているうちに、プルーインが出頭してきた。

友五郎は、プルーインと直接交渉をすることにした。ご公儀の金は、すべてプルーインの元に払い込まれている。購入を取り消した軍艦二隻分の料金を、彼が返却してくれれば、何もアメリカ政府を巻き込む必要はない。

金が戻ったところで、あらためてアメリカ政府と軍艦購入の交渉を始めればいいのだ。

だが、プルーインもすぐに取り消し分を返却しようとはしない。すでに、残り二隻分の材料を購入しているし、薩摩島津家がイギリスと戦った際に、富士山丸をアメリカに抑留した費用がかかったと言うのだ。

友五郎は、材料費に関しては拒否した。幻の軍艦には一文たりとも払う必要はない。一方で、富士山丸の抑留費については、国際法に従って支払うことにし、プルーインとの交渉は妥結した。

公儀がプルーインに支払った金額はメキシコ銀六十三万七千ドル。これを米ドルに換算すると利息込みで、百一万五千百八十ドル九十四セントになる。

富士山丸の購入代金と抑留費用が合わせて米ドル五十一万三千六百九十八ドル二セント。差し引きで、五十万一千四百八十二ドル九十二セントの米ドルが友五郎のもとに返却された。

さあ、この金でいよいよ軍艦や銃などの武器の購入だ。友五郎がそう意気込んでいた矢先、津田が話があると言ってきた。

部屋に呼んで話を聞くことにした。

「どうしました?」

「こんなことを、小野殿に申し上げるのは心苦しいのですが……」

「何でも言ってください」

「福沢さんのことなのです」

二十二

「福沢さんがどうかしましたか？」

友五郎は津田に尋ねた。彼の表情からすると、いい話ではないことは明らかだ。できれば、愚痴などは聞きたくはないが、友五郎は使節団の責任者なので、部下の訴えは聞かなければならないと思った。

「仕事をしてくれないのです。いえ、あの人にはできないのかもしれません」

「仕事ができない？　それは翻訳のことですか？」

「はい。はっきり申し上げて、福沢さんに公文書の翻訳は無理です。なかなか翻訳が上がってこないので、様子をうかがうと、まったく進んでいないのです。慌てて私が翻訳をするはめになりました」

「本人はどう言っているのです？」

「私の訳文が使いものにならないと言うのなら君が訳してくれ、と……」

「福沢さんは、英語の能力を認められて、ご公儀外国方に出仕しているのではないのですか？」

「あの人の英語力は、物見遊山でようやく通じる程度でしかありません。英文和訳はまだしも、和文を英訳した文章はとても公式に使えるものではありません」

「まさか、そんな……」

「それだけではないのです。福沢さんは簡単な仕事もちゃんとやろうとしないのです」

「どういうことです？」

「出航前に横浜で為替《かわせ》を組んでもらったのですが、ニューヨークに着いてみると、この為替が現金化できない始末です」

「そんなことがあったのですか……」

「雑用をやりたくないので、チャールズという男を雇って使おうとしたのですが、そのチャールズに五百ドルの公金を持ち逃げされたのです」

友五郎は驚いた。

「公金が盗まれたというのは、重大な事件です。どうして私の耳に入らなかったのでしょう」

「おそらく、松本《まつもと》殿が話を留めておられたのだと思います。小野殿に余計なご心配をおかけしたくないと……」

松本というのは、副使の松本寿太夫《じゆだゆう》のことだ。咸臨丸が随行した万延元年の新見使節団に参加しており、また小笠原群島回収に際して、友五郎に同行している。

購入する軍艦の選定に、友五郎を集中させたいという、松本の心遣いなのだろう。

そういうことなら、公金を盗まれた件に関しては、松本に任せておけばいい。

だが、福沢は何とかしなければならない。放っておけば、使節団の業務に支障が出る。

「わかりました」

友五郎は言った。「申し訳ありませんが、翻訳は津田さんが担当してください。通弁は、尺さんに専任してもらいます」

津田が言った。

「小野殿が、そうおっしゃるのなら……」

不服なのは、その顔を見れば明らかだった。だが、そうする他はない。幸い、尺の会話力は津田にも勝っている。

友五郎は言った。

「なんとかアメリカとの交渉を無事に済ませなければなりません。日本では皆が新しい軍艦や新式の銃を待ち望んでいます。できるだけよいものを持ち帰らなければなりません。そのためには、津田さんや尺さんのお力がどうしても必要なのです」

津田の表情が少しだけ晴れた。

「わかりました。私もできるだけのことをしましょう」

津田が部屋を出て行くと、友五郎は考えた。

さて、福沢をどうしたものか……。アメリカまで連れてきて、遊ばせておくわけにもいかない。

驚いたことに、うたが言ったことが本当になった。うたの人相見もばかにはできない。

しかし、まさかこんなことで頭を使うはめになるとは……。

回収した金は、できるだけ有効に使わなければならない。今は頭をそのためだけに使いたかった。

四月八日、友五郎一行は、購入艦の下見のために、汽車でアナポリス海軍兵学校に向かった。

そこで兵学校内の施設に案内され、係留中のモニター艦をつぶさに視察し、砲塔運転の実演も見学できた。

会食後、海軍省のソーントン・A・ジェンキンス准将らと、購入艦について意見の交換をした。ジェンキンス准将は、譲渡軍艦係を任命されていた。

先方は、ブルックが言ったとおり、モニター艦を勧めてきた。それに対して友五郎は、はっきりと、装鉄艦がほしいと要求した。

友五郎はジェンキンス准将に尋ねた。

「貴国の海軍は、木造艦、装鉄艦、モニター艦の三種をお持ちだと、海軍長官閣下がおっしゃっていましたが、装鉄艦はないのですか？」

「ニュー・アイアンサイド号という船がありましたが、火事で焼けてしまいました」

そう言って、さらに食い下がってきた。「四十万ドル級のモニター艦なら、随伴艦つきの回航費を含めて六十万ドルでお譲りできますが」

「モニター艦は考えておりません」

「では、木造船を新造して回航し、日本で鉄の装甲を張ってはどうです？　たしか、横須賀に製鉄所つきの造船所ができるのでしょう？」

「今回の渡米の目的は、あくまでも余剰の軍艦を買うことなので、新造艦は考えておりません」

友五郎は一歩も引く気はなかった。この買い付けで日本の海軍力をできるだけ増強しなければならない。

ジェンキンス准将は言った。

「では、明日にでも、ワシントンやフィラデルフィアの工廠《こうしょう》にある予備艦をご覧いただくことにしましょう」

その日の交渉はそれで終わった。

アナポリスの宿舎の部屋で、友五郎は海軍方の小笠原と岩田を相手に、今日の交渉について話し合った。

小笠原が言った。

「何としても装鉄艦がほしいというお気持ちはよくわかりますが、一隻もないとなると……」

岩田がそれに同調する。

「そうですね。ないものは仕方がない。ジェンキンス准将が言った代替案も考えてみないと……」

友五郎は言った。

「とにかく、明日、実際に予備艦を見て考えましょう」

小笠原と岩田はうなずいて席を立とうとした。

「ああ、すみませんが……」

友五郎は二人に言った。「福沢さんを呼んでいただけますか」


福沢はすぐにやってきた。

「お呼びだそうで……」

「翻訳を津田さんに押しつけているそうですね」

「押しつけているなんて、人聞きの悪い……。私が訳した文章が気に入らないと言うので、じゃあ好きに直してくれと言ったまでです」

「一度や二度ではないようですが……」

「まあ、それはそうですが……」

「あなたは、通弁も翻訳もできないようですから、考えた結果、交渉事務から外れていただくことにしました」

「ああ、そうですか」

福沢はあっけらかんとしている。「交渉の席に出ないのはかまいませんが、記録の上では出席したことにしていただけませんか。帰国してから、ご公儀への体面もありますので」

この言葉に、友五郎はすっかりあきれてしまった。

「翻訳も津田に任せて、あなたはいったい何をしていたのですか」

「五千両ほどを持参しておりまして、それで貴重な書物をあちらこちらから買い込んでおります。これは日本の未来にとって貴重な財産となります」

「それは私用ですね。御用でアメリカに来たのに、私用に奔走しているということですか」

福沢はむっとした顔になった。

「私用も公用もありますまい。日本の未来のためと申しておるでしょう」

友五郎は溜め息をつきたくなった。

「では、こうしましょう。二万ドルほどあなたに預けます。それで、ご公儀のために書物を購入してください」

福沢は目を輝かせた。

「自分の書物も、ご公儀の書物も、卸値で購入しますので、定価と卸値の差額を、委託手数料として私にください」

「ご公儀の大切なお金です。そんなことは認めるわけにはいきません」

「おや、そうですか」

福沢との話はそれで終わった。これで少しは、自分の立場をわきまえてくれればいいが。友五郎はそう期待していた。

四月九日の早朝、アナポリスを発ってワシントンに戻り、すぐに海軍工廠に向かった。そこで、友五郎一行は十五発の礼砲で迎えられた。

ここでも、モニター艦を見せられた。さて、どうしたものかと考え込んでいた友五郎は、ふと湾内を見て驚いた。

そこに装鉄艦があった。ジェンキンス准将はもうアメリカ海軍にはないと言っていたが、間違いなく湾内に浮かんでいるのだ。

それは、旧南部海軍が所有していたストンウォール号だった。一も二もなくその艦を売ってくれるように、ジェンキンス准将に頼み、四月十一日には、国務省に正式な買い入れを申し入れた。

先方が提示してきたストンウォール号の値段は四十万ドルだった。回航費用に十万ドルはかかる。

プルーインから回収した金が約五十万ドルだから、これでほとんど使い果たしてしまうことになる。他の買い物ができない。

そこで、友五郎はまず四分の三の内金で軍艦を譲り受け、残金を後払いとする交渉をした。アメリカ側はそれを受け入れ、友五郎は手元に十二万五千ドルほどの現金を残したのだ。

この手腕に、副使の松本も驚いた様子で言った。

「さすがは勘定組です。内金で話をつけるとは、思いつきもしませんでした」

それに対して友五郎は言った。

「窮すれば通ず、ですよ」

それは本音だった。友五郎にも余裕などなかった。何か方策はないかと、必死に考えた結果だった。

捻出した十二万五千ドルで、友五郎はまず十一インチ・ダールグレン砲を購入した。これは富士山丸に付け替えるためのものだ。

そして、小笠原や岩田の要求で、蒸気消火ポンプ一式を買った。

さらに、陸軍のために新式のスペンサー銃千挺を銃弾込みで購入。銅薬莢《やっきょう》の製造機械も買った。

ワシントンにいた友五郎のもとに、南北戦争の英雄ユリシーズ・S・グラント将軍が訪ねてきた。

グラント将軍は、遠回しにではあるが、陸軍に余っている銃を売り込もうとした。しかし、友五郎は最新の銃にしか興味を示さなかった。

サンフランシスコから帰路に着く直前、さらにヘンリーライフル三百挺を追加購入した。これは、十六連発元込め式のカービン銃で、スペンサー銃よりもさらに高性能だった。

これで必要な買い物はすべて完了した。あとは無事に日本に帰るだけだ。そう思って肩の荷を下ろしかけたところに、また問題が持ち上がった。

友五郎が認めないと言ったにもかかわらず、福沢が、書物の購入手数料を取っていたことが発覚したのだ。

それだけではない。私用の書籍代金を公儀の支払いにもぐり込ませていた。さらに、福沢は、私物の書物を公儀のものといっしょくたにして送り、運賃をごまかそうとしたのだ。

友五郎は福沢を呼びつけて言った。

「今回の旅に先立ち、私物と公の物はしっかりと区別し、私物については運賃を自分で支払うように厳命したはずです」

福沢はきょとんとしている。

「もちろん、覚えておりますが……」

「公儀の書物と、あなたの私用の書物の運賃が区別されていないという報告を受けました」

「小野さん。今回私が買い込んだ書物は、今後日本の宝となるでしょう。私物だ公物だという問題ではありません」

「その理屈は通りません。ご公儀の金で買ったものはご公儀のものです」

「それはいかにもお役人的な言い方ですなあ」

「とにかく、日本に着く前に精算をしていただきます。船会社から運賃表をもらってきてそれをお渡ししますので、ご自分の荷物の運賃だけでも算出して、払い戻してください」

「わかりました。おっしゃるとおりにいたしましょう」

それやこれやで、何とかサンフランシスコからの出航にこぎつけた。

友五郎は日本に向かう船の中で、残務整理に追われていた。公儀には、事細かな収支報告が必要だ。一セントの間違いもなく報告するのが、勘定吟味役である自分の役目だと、強く自覚していた。

すべての収支をきちんと洗い出さなければならない。それ自体は、友五郎にとってはたいしたことではない。こつこつと足し上げていく。それだけのことだ。

ただし、それは誰もが包み隠さず金の出し入れを報告しているという前提があってできることだ。

友五郎は珍しく困っていた。福沢がいつまで経っても精算をしようとしないのだ。そのために収支をまとめることができない。

友五郎は船室に福沢を呼んで言った。

「お願いした精算は、どうなっていますか?」

福沢は悪びれる様子もなく言う。

「それなのですが、実はいただいた船会社の運賃表をなくしてしまいまして……。精算しようにもできないのです」

「なくした……」

「はい。出港前は何かとあわただしかったもので……。小野さんとしては、いい加減な金額では困りますよね？」

「おそらく数千ドルの返金があるのではないかと、私は予想しているのですが……」

「ですから、運賃表をなくしたので、計算のしようがないのです」

「そんな言い訳は通用しません。なんとしても運賃表を見つけてください」

「おそらく、サンフランシスコに置いてきたのだと思います。あるいは、海に落ちたか……。いずれにしろ、なくなってしまったのです」

友五郎は徒労感を覚えた。

「わかりました。どうすればいいか、考えることにします」

「いやあ、まことに申し訳ありません。では、失礼いたします」

福沢が船室を出ていくと、友五郎は大きな溜め息をついた。

その後、副使・松本と相談して、福沢の私用の書物の購入費と運賃も、いったん公費として計上することにした。

そうしないといつまでも収支決算ができないからだ。

松本が言った。

「しかし、福沢の所業は許すわけにはいきません」

友五郎はこたえた。

「私には、勘定吟味役としての責任があります。このまま済ませる気はありません」

「何かお考えが？」

「はい」

友五郎と松本は顔を見合わせた。


六月二十六日、船は横浜港に着いた。五ヵ月ぶりの日本だ。

友五郎と松本は、上陸するとすぐに神奈川奉行に、福沢の荷物を差し押さえさせた。そして、福沢を告発したのだった。

同時に、友五郎と松本は進退伺いを出した。部下をちゃんと取り締まれなかったことの責任を取ったのだ。

七月十四日、外国奉行は福沢に対して謹慎を申しつけた。

一方、進退伺いを出した友五郎は罷免どころか、八月に勘定頭取に出世した。

謹慎していた福沢は、訴えが未決のまま、十月二十七日に再び外国奉行方に出勤した。荷物が戻されたのは、年末のことだ。

福沢におとがめがなかったのは、無実が証明されたからではない。奉行たちがそれどころではなかったのだ。

公儀にとって、とんでもないことが起きていた。

十月十四日、京都におわす上様が、大政を奉還したのだ。

二十三

友五郎は、城内の混乱をただ眺めているしかなかった。諸大夫《しょだいぶ》の位をもらったとはいえ、公儀中枢の動向などわからない。

もともと友五郎は、実務には自信を持っているが、政治そのものにはあまり明るくない。

役人たちがうろたえた様子で行き交う廊下を眺めていた友五郎は、そこに小栗上野介勘定奉行の姿を見た。

友五郎は上野介に近づき、声をかけた。

「お奉行。ご公儀はいったいどういうことになっているのでしょう」

小栗上野介は、これまで友五郎が見たことがないほどすさまじい形相だった。激怒しているのだ。

「小野殿。公儀がなくなるなどという話がありますか」

「上様は何をお考えなのでしょう」

「存じません。かくなる上は、何としても今しがたの大評定での決め事を、上様にお聞き入れいただかなくては……」

小栗上野介が言う「大評定」は、先ほど江戸城内において、公儀重鎮らを集めて開かれたものだ。

この席で、上野介は熱弁を振るい、評定を仕切った。そして、公儀維持派をまとめようとしたのだった。

「明日には、大名、有司に総登城を命じ、再び大評定を開きます。小野殿にもご出席いただくことになります」

「総登城ということであれば……」

「今は我々が踏ん張らなければなりません」

「はい」

「では、失礼……」

小栗上野介は、足早に去っていった。友五郎はしばし立ち尽くして、その後ろ姿を見ていた。

ああ、これが私の限界かもしれない。友五郎はそんなことを思っていた。

目標を設定されれば、どんなことでもやり遂げる自信がある。だが、混乱を目の前にすると、どうしていいかわからなくなるのだ。

これまでご公儀のためと、必死で働いてきた。その公儀がなくなるというのが、今は理解できない。何か合理的な説明が必要だった。

ともあれ、明日の総登城で何か明確な方針が出されるかもしれない。それに一縷《いちる》の望みを託すことにした。

大名、旗本を集めた大広間で、前日の大評定の決定が発表された。要約すると、以下のような内容だ。

すみやかに旗本軍を京都に送り、禁中を粛清し、さらに薩長土芸など、公儀に逆らう諸家を討伐する。

そして、関東鎮撫を名目に、上様には江戸に引きあげていただく。

それに対して、意見を求めたが、その場であからさまに反対を申し立てる者などいない。結局、その方針が公儀全体で了承された形になった。

友五郎が、勝手方勘定奉行並・諸大夫に任ぜられて、内膳正《ないぜんのかみ》を名乗るのは、その翌々日の十月二十三日のことだ。また、このとき名を広胖《ひろとき》と改めた。

それを告げると、妻のうたは喜んだ。

「あら、おめでとうございます」

「こんなときに、出世もへったくれもありませんよ」

「そんなことをおっしゃるものではありません。立派な官位を賜ったわけでしょう」

「勅許はまだなので、正式に官位をいただいたわけではないと思います」

「それでも、内膳正を名乗れるのはたいしたものです」

「はあ……」

友五郎にとっては、官位など本当にどうでもよかった。だが、それで、うたが喜んでくれるのなら悪くはないと思った。

友五郎の昇進が発表された翌日の二十四日、大評定の決定どおりに、公儀陸軍の第一陣が大坂に向けて出発した。

城内は相変わらず騒がしい。そんな中、友五郎は、廊下で勝麟太郎の姿を見かけた。九月に広島から江戸に戻り、軍艦奉行という身分のまま、自宅でくすぶっていたはずだ。

「勝さん、どうされたのですか？」

「おう、小野さんか。いや、内膳正だったたな」

「小野でいいです」

「そうはいかねえよ」

「じゃあ、私も安房守殿とお呼びしなければなりませんね」

「そんなことより、ありゃあだめですぜ」

「だめ……？　何がです？」

「上野介ですよ」

「上野介殿がどうかしましたか？」

勝は顔をしかめた。

「せっかく上様が大政を天子様にお返しになったんだ。そのご意向に逆らうようなことをしちゃだめでしょう」

「そう思われるのなら、総登城の際に、異議を述べられればよかったのです」

「ああ……。あの日は、家で寝てましたよ。だがね、上野介があんなに頑張っちゃだめなんだ。大名や旗本が妙な期待を持っちまうんですよ」

「私に、そんなことをおっしゃってもしょうがないでしょう」

「いやあ、頑固な上野介も、あなたの言葉なら耳を貸すんじゃねえかと思いましてね」

「そんなことはありませんよ」

「おいらから見たら、あなたはブリです」

「ブリ……？」

「出世魚ですよ。笠間牧野家の家臣から、今じゃ勘定奉行並で諸大夫だ」

「こんなご時世に、出世なんて意味ないでしょう」

「ともかく、上野介に言ってやってください。世の流れというものがある。それに逆らってもいいことはない、と……」

「それは、公儀がなくなってもいいということですか？」

「内膳。公儀はもうないんですよ」

「あなた、旗本でしょう。それでいいんですか？」

「薩摩には、西郷吉之助《さいごうきちのすけ》ってやつがいましてね……」

「西郷吉之助……？」

「長州のやつらは頭に血が上っているだけのでくの坊だし、薩摩は日和見《ひよりみ》です。けどね、この西郷吉之助だけは、ちょっとばかしあっぱれなやつでしてね……」

「公儀に仇《あだ》を為す者を褒めるのですか」

「どっちの側にも立派なやつはいますよ。今回の騒動の裏にはこの吉之助がいるんです」

「だから何なのです」

「新しい世の中が来るんですよ」

そう言うと勝は歩き去った。

友五郎は、勝安房守という男が信じられなくなった。長崎伝習所、咸臨丸、海軍方とこれまでいろいろと関わりがあり、迷惑を被ったこともあるが、それほど悪い男ではないと思っていた。

しかし、この混乱の中で、うまく立ち回ろうという魂胆が透けて見えて、友五郎は珍しく腹を立てていた。

友五郎が小栗勘定奉行に呼ばれたのは、それから二日後のことだ。

上野介は相変わらず厳しい表情だった。

「内膳正殿。大坂に行ってくれませんか」

「大坂……」

「兵庫開港の件です。十二月七日の開港に向けて、六月から準備していたのはご存じですね？」

「はい」

勘定方として、友五郎も関わっている事案だ。まず、六月に、大坂の豪商たちに出資させて大きな商社を作った。その商社に金券を発行させる。兵庫が開港したら、関税収入をもとに、公儀が銀券を発行。

それらを財源として、外国からガス燈・郵便・鉄道などを導入する。それが小栗奉行を中心とした、勘定方の計画だった。

上野介が言った。

「これは、国を豊かにし、兵力を増強するための、公儀の重要な御用です。今、星野《ほしの》豊後守がそのお役目についていますが、あまりはかどっていない。行って、豊後と交代してください」

小栗奉行は、公儀が揺れ動いているこのような時でも、さらに未来のことを考えようとしている。そう思い、友五郎は感激した。

「かしこまりました」

「出立は、十二月です。準備にかかってください」

上坂するのは慣れっこだった。すぐに行けと言われても驚かない。

それで話は終わりかと思っていると、上野介がさらに言葉を続けた。

「横須賀をどうしようかと思っています」

「は……?」

友五郎は何を言われたのかわからず、上野介の顔を見つめた。

「考えたくないことですが、万が一に備えておかなければなりません」

「万が一に……」

「横須賀造船所が、島津・毛利らの手に落ちたときのことです。最も近代的な工場を手に入れれば、やつらの力がさらに増すことになります。そうなる前に、破壊してはいかがかと思います」

友五郎は言葉を失って、上野介の顔を見つめた。思い詰めた表情だ。完成したばかりの横須賀造船所を破壊する。それは、上野介にとっても、身を切られるように辛いことに違いない。

二人は、長い間無言で目を見合っていた。

やがて、友五郎は言った。

「造船所を使うのは誰でしょう？」

上野介は怪訝そうな顔になって聞き返した。

「使うのは誰か？　それはどういうことです？」

「もし、薩摩や長州が横須賀造船所を占領したとして、です。造船所を使うのは誰でしょう」

「それは……」

上野介は眉をひそめたまま言った。「当然、薩摩島津家や長州毛利家の者たちでしょう」

友五郎はかぶりを振った。

「そうではありません」

「そうではない……？」

「造船所を使うのは、日本人です」

「ん……？」

「我々は、諸外国に負けない海軍力を培うために、苦労に苦労を重ねて横須賀造船所を造りました。ご公儀とか、薩摩とか、長州とかという問題ではありません。日本の未来のために、日本人が使うのです。破壊してはいけません」

上野介は、何も言わず友五郎の顔を見つめていた。

やがて、上野介はがっくりと肩の力を抜いて視線を落とした。

「横須賀造船所建造は、ご公儀にしかできない大仕事でした」

「もちろんです。咸臨丸で太平洋を越えるのも、江戸湾の防備を固めるのも、国産の蒸気軍艦を造るのも、横須賀造船所建造も、すべてご公儀だからできたことです。金の問題ではありません。ご公儀には、立派な人材がたくさんおりました」

上野介が顔を上げた。

「内膳正殿のおっしゃること、よくわかりました」

「僭越なことを申しました」

「いえ、とんでもない」

「では、仰せのとおり、上坂の準備をいたします」

上野介がうなずいた。

「兵庫のことは任せます」

世の中はさらに混迷を深めていった。何がどうなっているのかさっぱりわからないというのが、友五郎の実感だった。

勘定奉行並の友五郎に現状がわからないのだから、市井《しせい》の者にわかるはずがない。

人々は飛び交う噂に右往左往するばかりだ。

あるとき、うたが言った。

「西のほうの軍勢が、江戸に攻めてくると、市中の者たちが言っておりますが、本当でしょうか」

「わかりません」

友五郎は正直にこたえた。「しかし、どう考えてもご公儀の軍隊のほうが人数が多い。軍艦の数だって圧倒的にご公儀のほうが多いんです。もし、西の軍勢が攻めてきても心配することはありません」

「上様が政を天子様に奉還なさったというのは、どういうことなのでしょう」

「私にもどういうことなのか、正確にはわからないのです」

「お城で何かお聞きなのではないですか？」

「いろいろな話が飛び交っていて、どれが本当なのかわからないのです」

「旦那様は頭がよろしいのですから、おわかりでしょう」

「いやあ、わからないことはいくらでもあります。ただ……」

「ただ、何です？」

「上様は、天子様に政をお返しになっても、結局、実務を担えるのはご公儀でしかないというお考えだと言う者がおります。つまり、大政奉還は形だけで、結局は上様が政を行うのだと……。それは納得のいく話だと思います。二百六十年間、世を治めてきた公儀にかなうものはありません」

うたは安心した顔になった。

「ならば、この先も何も変わらないのですね」

「いや、そうとは言い切れないのです。上様のお考えがそのまま実現されるかどうかもわからないし、第一、上様が本当にそのようなお考えなのかどうかもわかりません」

「結局、何もわからないんじゃないですか」

「だから、最初からそう言ってるじゃないですか。とにかく、旅支度をお願いします」

「今度の大坂は長いのですか？」

「どうなるか、行ってみなければわかりません」

本当にどうなるかわからない。わからないことだらけで、普通なら不安になりそうなものだが、友五郎は平気だった。

どこにいても、やれることをやるだけだという覚悟がある。

大坂に行ったら、兵庫開港の準備を全力で進めるだけだ。兵庫開港は、横須賀造船所と並んで、国の力を増すための中心課題だ。

出張の準備をしながら、友五郎はふと思った。

小栗上野介が自分を大坂に送るのは、兵庫開港の準備だけでなく、京都におわす上様のご様子をうかがってほしいとの思いがあるからではないか。

ただでさえ、江戸にいて動向が知れないのだが、さらに上様は何をお考えなのかよくわからない。

そのことも、心に留めておこうと、友五郎は思った。

大坂への出立を間近にひかえた十二月十五日、またしても大名・有司の総登城が命じられ、友五郎も臨席した。

上様の内大臣職辞任と公儀領地の天子様への返納が決定されたとの発表があった。つまり、将軍を辞めさせて公儀の領地を取り上げるということだ。

さらに、長州毛利家当主の官位が復活したという。禁門への狼藉で朝敵となっていた毛利家の罪がなかったことになり、復権したということだ。

友五郎はあまりのことに、啞然としていた。その場にいた他の者たちも同様だった。頭が理解を拒否しているようなありさまだ。

広間は静まり返っていたが、しばらくして大騒ぎになった。腹を切ると言い出す者まで出る始末だ。

その後、何とか場を鎮めた老中の一人が、詳しい報告をした。

岩倉具視《いわくらともみ》という公家が、屋敷に薩摩・土佐・安芸・尾張・越前各国の重臣を集めて画策し、御所で「王政復古」を宣言したのだという。

京都守護職と京都所司代は廃止され、松平肥後守と松平越中守は解任、帰国が命じられた。上様の将軍辞職はその翌日、十日のことだった。

説明が終わり、まだ騒然とする中、友五郎は小栗上野介に近づいた。

上野介は悔しそうに言った。

「兵庫開港が原因です」

友五郎は聞き返した。

「どういうことです?」

「開港は大仕事です。在位のままだと、すべて上様の手柄になってしまいます。ですから、島津や毛利のやつらは、開港から間を置かずに上様の身分を取り上げようとしたのです」

「ご公儀がなくなってしまうのでしょうか」

「一方的な宣言と決定に、上様が黙って従うはずがありません。私は徹底的に抵抗するように具申いたすつもりです」

「私の上坂はどういたしましょう？」

「予定通りに出立してください」

行ったところで、仕事ができるのだろうか。そんな思いがあったが、行けと言われれば行くしかない。

「承知しました」


その頃、江戸の町では火付けが頻発していた。浪人の仕業だという。公儀が庄内の酒井左衛門尉《さかいさえもんのじょう》らに取り締まりを命じたところ、その浪人たちは薩摩島津家に雇われた者たちであることが明らかになったという。

友五郎はうたに言った。

「何やら江戸市中が剣呑な雰囲気です。くれぐれも気をつけてください」

「私が気をつけたところで、島津の連中がおとなしくするわけではないでしょう」

「いつでも逃げられる準備をするように、ということです」

「私は武士の妻ですから、常日頃、それくらいの覚悟はできております」

「はあ……。さすがですね。私なんぞは、家が燃えたりしたら、ただうろたえるだけだと思います」

「大海原を越えて、メリケンまで二度も行かれた旦那様が、何をおっしゃいます」
うたが笑った。
友五郎もつられて笑っていた。
それにしても、と友五郎は思う。
薩摩には、西郷吉之助という立派な人物がいると、勝麟太郎が言っていた。
江戸市中に火を放つのが、その立派な人物のやることなのか。
十二月二十三日、騒がしい江戸をあとにして、友五郎は大坂に向けて出発した。

二十四

友五郎の上坂には、大目付だった滝川播磨守具挙《たきがわはりまのかみともたか》が同行した。

大政奉還の後、播磨守はしばらく京都にいたが、上様の命で江戸に戻っていた。城内の声や江戸の様子を報告するために再び上坂することになったのだ。

ちなみに、播磨守は小栗上野介の幼馴染みだ。

十二月二十九日、友五郎が大坂に着任するとすぐに「上様ご上洛の先供」を命じられた。つまり、上洛する軍勢の先発隊だ。これまでの実績を買われて、また兵站を任されたのだ。

やはり、兵庫開港どころではない。戦が始まろうとしている。友五郎はそう思った。

だが、これで揺れ動いていた気持ちが定まった。やるべきことがはっきりすれば、もう迷うことはない。いつもの友五郎だった。

友五郎はすぐに兵力を計算しはじめた。

上様の上洛軍は一万五千。一方、敵対する薩摩・長州らの勢力は五千。友五郎は粛々と計算と作業を進めた。

明けて一月二日。上洛軍が、鳥羽《とば》・伏見《ふしみ》の両街道に分かれて出発した。そして、翌三日、鳥羽口で戦端が開かれ、次いで伏見でも戦いとなった。

友五郎は後方支援のために淀《よど》にいた。戦況はまったくわからない。よもや一万五千の上洛軍が、五千の敵に負けるとも思えないが、第二次毛利家討伐のことを思えば、そうとも言い切れない。

一月四日のことだ。友五郎のもとに、伝令が走り込んできた。

「どうしました?」

「『錦の御旗』です」

「はあ? 何です?」

「敵軍が、『錦の御旗』を掲げています」

「そんなばかな……」

薩摩・長州が、天子様の軍勢である証しを掲げているというのだ。

それでは、上様の軍勢が朝敵となってしまう。

伝令はさらに告げた。

「わが軍は為す術がありません」

友五郎は、側近の者たちに言った。

「大坂城へ向かいます。すぐに準備をするように」

「今動かれるのは危険です」

「上様に拝謁です。急いでください」

友五郎一行は、翌日には淀を出たが、戦況を見ながらの移動なので時間がかかり、大坂城にたどり着いたのは、七日のことだった。

着いて驚いた。上様が江戸に発ったというのだ。友五郎は啞然とした。

城内に残っていた滝川播磨守が言った。

「『錦の御旗』です。上様に、もはや打つ手はありません」

友五郎は言った。

「我々は朝敵の賊軍ということになるのでしょうか」

播磨守は渋い表情で言った。

「偽物ですよ」

「偽物……？」

「御所は当初、公儀、薩長どちらにもつかぬおつもりでした。ですから、本物の『錦の御旗』などあろうはずがありません。聞けば、薩摩の家臣たちが、京の織物問屋を駆け回っていたといいます」

「ならば、旗など無視すればよろしいものを……」

「そうはいきません。大義名分です。薩摩・長州の作戦勝ちです」

「それで、上様は……？」

その問いにこたえたのは、別の男だった。

「私の開陽丸《かいようまる》に乗り込まれたそうです」

「あなたは、榎本釜次郎……」

彼は頭を下げた。

「はい。榎本武揚でございます」

「失礼しました。今は和泉守《いずみのかみ》でしたね。松岡や赤松から、あなたの評判は聞いています」

「恐縮です」

「それでは、上様は開陽丸で江戸に向かわれたのですね」

「副長の沢太郎左衛門《たろうざえもん》を艦長代理として、用意ができ次第出航する手筈です」

沢太郎左衛門は、鉄太郎のことだ。共に蒸気軍艦の雛型を作り、江戸湾の砲台に関する実測にも携わった、友五郎にとっては馴染み深い人物だ。

滝川播磨守が苦しげにつぶやく。

「此度も負け戦だ……」

大坂城内は、混乱しきっていた。播磨守が言うとおり、開戦したとたんの負け戦だった。皆何をしていいのかわからないのだ。

榎本和泉守武揚が友五郎に言う。

「さて、どうしたものでしょう……」

友五郎がどう頑張っても勝ち戦にできるわけではない。今、やるべきことは何なのか……。必死で考えた。

友五郎は、播磨守に尋ねた。

「大坂城には、公儀の軍用金があったはずです。それは今どこに……」

「そのまま、金蔵に残っております。大坂金奉行《かねぶぎょう》が管理しておりましたが……」

やるべきことが決まった。

この戦場で、勘定奉行並の友五郎がやるべきことは、その軍用金を確保することだ。

「私の記憶では、十八万両の金が蓄えられていたはずです。それを、薩摩・長州に奪われるわけにはいきません。江戸に運びます」

播磨守は驚いた顔で言った。

「十八万両の金を江戸に……。しかし、どうやって……」

友五郎は頭を回転させた。

「大坂から江戸までは、海軍方に任せましょう。軍艦に乗せられますね?」

榎本和泉守が即座にこたえた。

「蟠龍丸《ばんりゆう》、順動丸《じゆんどう》、翔鶴丸、富士山丸が大坂に残っています。船に乗せてしまえば、運ぶのは訳ありませんが、問題は大坂城からどうやって船まで運ぶか、です」

友五郎は言った。

「兵を回せませんか？」

播磨守がこたえる。

「とんでもない。今、戦場を離れられる兵力などありません」

「大坂城代に、何とか頼めないものでしょうか」

「さて、どうでしょう。城代が動いてくれるかどうか」

「城代はどなたです？」

「笠間の牧野越中守様です」

「何ですって……」

友五郎は一瞬、ぽかんとした。

「どうかされましたか……」

「天の助けです」

「は……？」

「私はもともと笠間の家臣です。牧野越中守様は、かつての私の殿様です」

「なんと……」

「実務はどなたが……？」

「たしか、御家老の田中小左衛門様だったはず」

「田中殿とは旧知の仲です。至急、お目にかかり、頼んでみましょう」

さっそく会ってみると、田中小左衛門は友五郎の頼みをすぐに承諾した。大坂城代はそれなりの手勢を抱えており、すぐに大量の金の運搬を始めた。

十八万両の軍用金は、順動丸と翔鶴丸に分載された。

友五郎は、滝川播磨守と榎本和泉守に言った。

「ご公儀と会津の負傷兵も、順動丸、翔鶴丸に乗せてください。できるだけ多くの兵を救いたい」

榎本和泉守が力強くこたえた。

「任せてください」

そこに勘定方の者がやってきて、友五郎に告げた。

「金蔵には、まだ銀銭八万両が、そして、難波《なんば》米蔵には、兵糧米一万石が残っておるとのことですが……」

友五郎の判断は速かった。

「そこまではとても手が回りません。大坂総年寄《そうどしより》に下げ渡す手筈を取ります。大坂市中を鎮めるために使うように言ってください」

「承知つかまつりました」

友五郎がそれらの処理をすべて終えたのは、一月九日のことだった。その日のうちに、長州の先鋒により大坂城は火に包まれた。

まさにぎりぎりの撤退だった。

小栗上野介は、友五郎を見るなり、涙を流さんばかりに感動した様子で言った。

「あの戦の中、十八万両もの軍用金を持ち帰るとは、なんとあっぱれなことでしょう」

上野介にそう言われるだけで、充分に報われたと、友五郎は思った。

その小栗上野介が、突然罷免されることになった。

実際のところ、友五郎はその後のことをよく覚えていない。

薩摩・長州が自らを「官軍」と称して、公儀とそれを守ろうとする大名家の軍勢に戦いを挑んだ。

いったい、何のための戦いだろう。友五郎はそう思った。上様はすでに退隠あそばされた。薩摩・長州軍との徹底抗戦を主張していた小栗上野介を罷免し、恭順の意思を示されている。

その後、上様の命を受けた山岡鉄舟《やまおかてつしゅう》が西郷吉之助と会談をして、戦うことなく江戸城を明け渡すことも決まった。

なのにどうして、戦う必要があるのだろう。友五郎にはそれがどうしても理解できなかった。

イギリスをはじめとする諸外国は、虎視眈々と日本を支配下におこうと機会を狙っている。今、内戦で国力を削ぐようなことをして、何の利があるのか。

日本国中が混乱の極みだったが、友五郎はその様子さえよくわからずにいた。二月に逼塞処分を申し渡され謹慎。さらに、四月には捕縛されて、小伝馬町《こでんまちよう》牢内の揚座敷《あがりざしき》に入っていたからだ。

揚座敷は、本来は御目見得以上の未決勾留のための牢だが、友五郎の場合は処分のために使用された。

罪状は、京にいる上様を煽り、鳥羽・伏見の戦いの原因を作ったというものだ。まったく身に覚えがないのだが、友五郎はおとなしく下獄した。

公儀の混乱の中、初めて発言力を得た勝安房守に罪を着せられたのだと言う者もいた。どうやら、小栗上野介の罷免も勝のせいらしいが、そんなことはどうでもよかった。

海軍方や勘定方の仲間たちがどうなったのかが気になっていた。しかし、その動向を知る由もない。

六月に仮釈放されると、悲報が待っていた。

閏四月に、小栗上野介忠順が、知行所の上野国群馬郡権田村《ごんだ》において捕縛され、その後に斬首されたという。

またしても、引き算かと友五郎は思った。小栗上野介ほどの立派な人材を、ただ斬り捨てることしか知らない連中の行う政など、たかが知れている。

悔しくて悔しくてならなかった。

その後、勝と激しく対立した榎本武揚が、松岡磐吉らとともに、艦隊を率いて東北に向かい、さらに箱館に行ったという話も聞いた。

二人とも優秀な海軍軍人だ。生きていてほしいと切に願った。大坂城から軍用金を持ち帰るとき、榎本は自分が乗る富士山丸に、新選組《しんせんぐみ》を乗せていた。東北、さらには箱館に向かうことは、彼にとっては当然の成り行きだったのかもしれない。

友五郎には、ただ悔しがり、祈ることしかできなかった。その激しい思いも、時が経つにつれて薄れていく。

二百六十年に及んだ公儀の歴史が終わった。何もかもが瓦解した。心の中が空になったような状態で、世の流れを眺めていた。

牢からは出たが、主家預かり、つまり徳川家預かりの謹慎中の身だった。何をする気も起きない。すでに数えで五十二歳だ。このまま何もせずに人生を終えてもいい。そう思っていた。

明治という新しい時代になったらしい。公儀はすでになく、政府というものができたと聞く。だが、もう何の興味もなかった。

そうして月日が流れていき、明治三年（一八七〇年）になると、海軍出仕の誘いがあった。友五郎は、謹慎中だと言って、これを断った。その後も再三、海軍出仕の督促を受けたが、応じる気はなかった。

そんな時、うたに言われた。

「このまま朽ち果てるおつもりですか？」

「そのつもりですが……」

「メリケンに二度も行かれて、立派な軍艦をお造りになった旦那様は、どこに行かれてしまったのでしょう」

「ここにおりますが……」

「まだまだこの国が旦那様を必要としてる。そうは思われませんか？」

「しかし、私はもう海軍で働く気はありません」

「じゃあ、別のお仕事をなさったらいかがです？」

「どうでしょう。もう五十四ですし……」

「しゃきっとなさいませ。旦那様はまだまだお国のためにお役に立てます」

うたの言葉には弱い。その後、民部省への出仕を打診され、これを受けることにした。

鉄道の測量の仕事だった。

測量に関して友五郎の右に出る者はいない。たちまち、友五郎は技師長となり、測量に関わるすべての事柄を掌握した。

鉄道の仕事で再び多忙な日々を送っていた友五郎は、突然、木村喜毅の訪問を受けた。かつて咸臨丸で渡米したときの軍艦奉行だ。

木村は、勘定奉行として江戸城明け渡しの事務処理を行い、公儀瓦解とともに隠居して山奥の神社で暮らしていたという。

「これは、兵庫頭殿……」

「そう呼ばれた時代は終わりましたよ。今は芥舟《かいしゅう》などと名乗っております」

「とにかくお上がりください」

友五郎は木村を客間に案内した。

「どこかに引っ越されたと聞いておりましたが……」

友五郎が尋ねると、木村はこたえた。

「しばらく知り合いの神主の世話になっておりましたが、最近、麴町区《こうじまちくど》土手三番町《てさんばんちょう》に越して参りました。福沢君が何かと世話を焼いてくれまして……」

「そうでしたか……」

「福沢君がいろいろと面倒をかけたようですね」

「いや……。私も勘定方というお役目上、つい厳しい措置を取らねばならず……」

木村はうなずいた。

「悪い男ではないのです。今は、とても熱心に外国語教育をやっています」

「ええ。慶應義塾を開かれたそうですね。立派なことです」

「彼はよくやっています。そういえば、小野さんも鉄道の仕事で活躍なさっているということですね」

「そちらにも、政府から出仕のお話がずいぶん行っているはずですが……。全部、断られていると聞いております」

木村は淋しげな顔でうなずいた。

「私は旗本でしたから、上様のために働くことしか考えておりませんでした。今の政府のために働くつもりはありません」

友五郎はやや間を置いてから言った。

「今の日本には、あなたのような人材が必要です。あなたは、まだ若い」

木村は一回り以上年下なのだ。

彼は、かぶりを振った。

「政府は底が浅いので……。公儀で実務を担っていた私から見ると、今の政府は張りぼてです」

「それはたしかに……」

「政府の要職に就いた薩摩・長州の連中は、残念ながら、まるで力がない。結局、かつての旗本や大名が実務を担うしかないのです」

「おっしゃるとおり、民部省の鉄道の部署には、私と同じ長崎伝習所の一期生が何人もおります」

「軍隊だってそうでしょう。帝国海軍と言いながら、使っている軍艦は、ほとんど公儀が入手したり建造したものです」

「だからこそ」

友五郎は言った。「私やあなたの力が必要なのです。私は今、鉄道と炭鉱や鉄の鉱山を組み合わせて、北海道の開発をするようにと政府に建言しようとしています。それと、塩も作りたい。兵站の仕事をしたときに、塩の重要性を知りました。今、製塩について研究をしようと思っています」

木村は笑みを浮かべた。

「小野さんは変わりませんねえ……」

「日本のために働く。それは今も昔も変わりません」

「その日本ですが……」

木村のほほえみが悲しげなものに変わった。「なんだか、嫌な国になっていくような気がします。ご公儀の二百六十年間は戦がなかったのです。民にとってこれ以上のことはない。しかし、これからは、戦が絶えない国になっていくように思えてならないのです」

「私には、そういうことはよくわかりません。ただ、この国をよりよくするため、力を尽くすだけです」

木村はしばらく無言だったが、やがて言った。

「そうですね。小野さんになら、それができるでしょう」

それから二人は懐かしい思い出話を続けた。嵐の中の咸臨丸。サンフランシスコの港町。蒸気船の雛型作り。千代田形の建造……。

時が経つのを忘れ、木村が暇乞《いとまご》いをしたのは、すっかり日が暮れてからだった。

夜道を行く木村を、友五郎は見送った。その後ろ姿が闇に見えなくなると、空を見上げた。

星が見えた。金星だ。

水平線と星がある限り、私が迷うことはない。

友五郎はそう思った。


（了）

解説

細谷正充（書評家）

今野敏は警察小説の第一人者である。「隠蔽捜査」「東京湾臨海署安積班」「ST警視庁科学特捜班」「横浜みなとみらい署」など、幾つもの警察小説のシリーズを抱え、絶大な人気を誇っている。テレビドラマ化された作品も多い。まさに警察小説の今野なのだ。

だが、昔からの作者のファンならば、冒険・格闘技・SF・ハードボイルド・伝奇など、多彩な作品を発表していることをご存じだろう。歴史時代小説も、そのひとつだ。「小説すばる」一九九五年五月号から断続的に掲載し、一九九七年に刊行された『惣角流浪《そうかくるろう》』を皮切りに、『山嵐』『義珍《ぎちん》の拳』『武士猿』『チャンミーグヮー』『武士マチムラ』『宗棍《そうこん》』と、実在の武道家を主人公にした歴史小説を書き続けているのである。周知の事実だが作者は、大学時代から空手を始め、次第に自らの求める空手が、空手発祥の地で生まれた〝琉球空手〟にあると確信するようになった。そして一九九九年、所属していた常心門から独立。「空手道今野塾」を主宰し、現在に至っているのである。『義珍の拳』以降の作品は、そうした琉球空手への想いが託されているのであろう。

ついでにいうと「小説ＮＯＮ」に発表した、「丸腰安兵衛――若き日の義士」という短篇がある。これは忠臣蔵で有名になる堀部安兵衛が、まだ中山安兵衛だった時代を舞台にした剣豪小説だ。ただし安兵衛を、竹内流柔術の達人としている。作者の格闘技へのこだわりが窺える内容になっているのだ。

この他にも、明治時代を舞台にした警察小説「サーベル警視庁」シリーズがある。格闘技小説×歴史小説、警察小説×時代小説など、ふたつのジャンルを融合させているが、これも作者が好んで使う手法だ。歴史時代小説といっても、自分の興味を抱いている題材や、得意なジャンルと結び付けているのである。

だから、本書『天を測る』を読んだときは驚いた。「小説現代」二〇二〇年十一月号に一挙掲載され、同年十二月に単行本が刊行された長篇だ。これが、幕末から明治を生きた小野《おの》友五郎《ともごろう》の人生を描いた、きわめてオーソドックスな歴史小説だったのである。最初は、なぜ作者が、この人物を主人公に選んだのか、理由が分からなかった。しかしページをめくっているうちに納得。友五郎は実に作者好みの〝物作りの人〟だったのである。

その意味を説明するために、ちょっと個人的な思い出を書いておこう。何かのパーティーの二次会で、作者と同席したことがあった。そのとき、「今度、ワンダーフェスティバルにディーラー参加する」と聞いて、「行きますよ」と答えた。ちなみにワンダーフェスティバルとは、通称ワンフェス。ガレージキット（少数生産の組み立て式の模型）のイベントだ。当日、いそいそと作者のブースに行ったら、「あれっ、なんでいるの？」といわれてズッコケてしまった。このとき買ったのが、作者のＳＦ『宇宙海兵隊ギガース』に登場するリーナ・ショーン・ミズキのガレージキットであった。制作は今野敏。そう、作者自身がガレージキットを作っていたのだ。作者が物作りの人であり、だからこそ物作りの人である友五郎に惹《ひ》かれ、主人公にしたのではないか。あくまで私の想像だが、そんな風に感じているのである。

　少し前振りが長くなった。そろそろ本書の内容に踏み込んでいこう。アメリカに向かう咸臨丸《かんりんまる》から、ストーリーは始まる。笠間藩士で、長崎海軍伝習所の一期生である小野友五郎は、測量方兼運用方として、この壮挙に参加した。といっても友五郎に、興奮や悲壮感はない。観測と計算に絶対の自信を持つ彼は、自分のやるべきことをやればいいと思っている。また〝世の中の真理というのは、ごく単純なものだ〟と考えている。もっと詳しくいえば、〝真理はおそらく単純で美しい数式で表現できるに違いない〟と考えているのだ。観測や計算だけでなく、世界のすべてをそのように捉える友五郎の言動は、物事の本質に基づいた直截《ちょくせつ》的なものである。相手がアメリカ人だろうが上役であろうが、変わることはない。周囲から見ると変人だが、本人にとっては当たり前。それが彼の、ユニークな魅力になっている。

このように書くと、警察小説「隠蔽捜査」シリーズの主人公・竜崎伸也《りゅうざきしんや》を思い出す人もいるだろう。竜崎は警視庁のキャリア官僚（後に所轄の署長）だが、常に原理原則に従い、周囲との軋轢《あつれき》が起きても気にしない人間だ。そのような竜崎と、友五郎の人物造形には、通じ合うものがある。作者は歴史上の実在人物を、自分の物語世界のキャラクターに引き寄せて、読者をすんなりと幕末に誘い込むのだ。

さらにいえば、竜崎が原理原則主義なのに対して、友五郎は本質主義だ。複雑に見えることも単純化すれば、本質を摑《つか》むことができると考えている。だから彼の行動には迷いがない。アメリカに行っても造船所など、自分の得意分野に傾注するのだ。日本に戻ってからも、造船所の建設や江戸湾の海防に邁進。笠間藩士から旗本に取り立てられ、幕臣になってもそれは変わらない。有能な実務家ゆえに、あちこちから頼りにされながら、自分がやるべきだと思うことを目指すのだった。

もちろん友五郎は完璧超人ではない。妻が亡くなると、彼女のことを何も知らなかったことを悔やむ。時代の変化を間近で見ながら、幕府がなくなるとは思わないでいた。人間らしい欠点や限界を抱え込んでいるところは、読者に親しみやすさを感じさせる。

幕末の幕府に、人物がいなかった訳ではない。特に実務を担当した幕臣には、有能な人物が少なからずいた。ここに友五郎も含まれる。計算に強く、航海や造船の技術を持つ彼は、幕府有数のテクノクラート（技術官僚）だ。そうしたテクノクラートの視点から、幕末から明治に至る歴史の流れを描いたところが、本書の読みどころだろう。それにしてもブラック企業も裸足で逃げ出す、友五郎の激務ぶりにはビックリだ。蒸気船の建造など、やりたいことはたくさんあるのだが、どれもなかなか進展しない。時代の問題もあるが、とにかく忙しすぎる。有能な人間が酷使されるのは、昔も今も変わらないようだ。

また、友五郎の人物観も面白い。実務家の彼は、やはり有能な人間を好む。咸臨丸の一行を率いた木村摂津守、通弁として乗っていた中浜万次郎、幕臣の中で機関を担当する蒸気方の肥田浜五郎、助言役として同乗したアメリカ海軍士官のジョン・M・ブルック……。自分の能力をきちんと把握し、やるべきことを堅実に実行する人間とは、気持ちよく付き合っているのである。

一方、大声で周囲を従えるだけの勝麟太郎（海舟）や、小狡《こずる》い口先男の福沢諭吉とは反《そ》りが合わない。認めるところは認めるが、その視線は冷ややかだ。勝や福沢の姿は現代の政治家を彷彿とさせるが、そこは作者も狙っているのだろう。ついでにいうと友五郎は、「おしなべてこの世は足し算です。異国の文化が面白ければ、それを取り入れればいい。そのときに、日本古来の文化を切り捨てる必要はないのです」という思想を持っている。しかし実際に来たのは、従来の文化を捨て、新たな文化を持《も》て囃《はや》す、引き算の世界であった。勝や福沢は、日本を引き算の国にした人々の象徴でもあるのだ。

あらためていうが友五郎は〝真理はおそらく単純で美しい数式で表現できる〟と思っている。だが、世の中は数式で表現できるほど理路整然としていない。咸臨丸の航海で、アメリカが見えてくる時間を友五郎が間違えたように、時に計算とは合わないことが起こる。徳川幕府が倒れるまでの、時代の流れも同様だ。なによりも人間こそが、もっとも理屈に合わない存在ではないか。

でも、そのことが分かっても、友五郎は変わらない。なぜなら彼には、確固たる指標があるからだ。それが示されるラストは感動的である。だから、幕末から明治の激動を生きた主人公の姿が、心に強く響く。コロナ禍と、ロシアのウクライナ侵攻により、世界は大きく変化した。今までにない多数の商品の値上がりなど、さまざまな影響が日本にも広がっている。これから先どうなるのか、不安を感じている人も多い。そんな時代だからこそ、友五郎のような確固たる指標を持って、生きていきたいのである。

本書は二〇二〇年十二月、小社より単行本として刊行されました。

|著者|今野 敏　1955年、北海道三笠市生まれ。上智大学在学中の'78年に「怪物が街にやってくる」で問題小説新人賞を受賞。大学卒業後、レコード会社勤務を経て執筆に専念する。2006年、『隠蔽捜査』で第27回吉川英治文学新人賞、'08年、『果断 隠蔽捜査2』で第21回山本周五郎賞、第61回日本推理作家協会賞を受賞。'17年、「隠蔽捜査」シリーズで第2回吉川英治文庫賞を受賞する。その他、「警視庁強行班係・樋口顕」シリーズ、「ST警視庁科学捜査班」シリーズなどがある。

天《てん》を測《はか》る

今野《こんの》 敏《びん》

2023年9月15日第1刷発行
2023年12月6日第2刷発行

発行者――髙橋明男
発行所――株式会社 講談社
東京都文京区音羽2-12-21　〒112-8001
電話 出版 (03) 5395-3510
販売 (03) 5395-5817
業務 (03) 5395-3615

Printed in Japan

講談社文庫
定価はカバーに
表示してあります

KODANSHA

デザイン―菊地信義
本文データ制作―講談社デジタル製作
印刷―――株式会社KPSプロダクツ
製本―――株式会社KPSプロダクツ

ISBN978-4-06-533021-0

講談社文庫刊行の辞

二十一世紀の到来を目睫に望みながら、われわれはいま、人類史上かつて例を見ない巨大な転換期をむかえようとしている。

世界も、日本も、激動の予兆に対する期待とおののきを内に蔵して、未知の時代に歩み入ろうとしている。このときにあたり、創業の人野間清治の「ナショナル・エデュケイター」への志を現代に甦らせようと意図して、われわれはここに古今の文芸作品はいうまでもなく、ひろく人文・社会・自然の諸科学から東西の名著を網羅する、新しい綜合文庫の発刊を決意した。

激動の転換期はまた断絶の時代である。われわれは戦後二十五年間の出版文化のありかたへの深い反省をこめて、この断絶の時代にあえて人間的な持続を求めようとする。いたずらに浮薄な商業主義のあだ花を追い求めることなく、長期にわたって良書に生命をあたえようとつとめるところにしか、今後の出版文化の真の繁栄はあり得ないと信じるからである。

同時にわれわれはこの綜合文庫の刊行を通じて、人文・社会・自然の諸科学が、結局人間の学にほかならないことを立証しようと願っている。かつて知識とは、「汝自身を知る」ことにつきていた。現代社会の瑣末な情報の氾濫のなかから、力強い知識の源泉を掘り起し、技術文明のただなかに、生きた人間の姿を復活させること。それこそわれわれの切なる希求である。

われわれは権威に盲従せず、俗流に媚びることなく、渾然一体となって日本の「草の根」をかたちづくる若く新しい世代の人々に、心をこめてこの新しい綜合文庫をおくり届けたい。それは知識の泉であるとともに感受性のふるさとであり、もっとも有機的に組織され、社会に開かれた万人のための大学をめざしている。大方の支援と協力を衷心より切望してやまない。

一九七一年七月

野間省一

熊谷達也 浜の甚兵衛
倉阪鬼一郎 八丁堀の忍
倉阪鬼一郎 八丁堀の忍(二)〈大川端の死闘〉
倉阪鬼一郎 八丁堀の忍(三)〈遥かなる故郷〉
倉阪鬼一郎 八丁堀の忍(四)〈隻腕の抜け忍〉
倉阪鬼一郎 八丁堀の忍(五)〈討伐隊、動く〉
倉阪鬼一郎 八丁堀の忍(六)〈死闘、裏伊賀〉
黒田研二 神様の思惑
黒木渚 壁の鹿
黒木渚 本性
黒木渚 檸檬の棘
久坂部羊 祝葬
黒澤いづみ 人間に向いてない
久賀理世 奇譚蒐集家 小泉八雲〈白衣の女〉
久賀理世 奇譚蒐集家 小泉八雲〈終わりなき夜に〉
雲居るい 破《は》蕾《らい》
鯨井あめ 晴れ、時々くらげを呼ぶ
鯨井あめ アイアムマイヒーロー!
窪美澄 私は女になりたい

黒崎視音 マインド・チェンバー〈警視庁心理捜査官〉
決戦!シリーズ 決戦!関ヶ原
決戦!シリーズ 決戦!大坂城
決戦!シリーズ 決戦!本能寺
決戦!シリーズ 決戦!川中島
決戦!シリーズ 決戦!桶狭間
決戦!シリーズ 決戦!関ヶ原2
決戦!シリーズ 決戦!新選組
決戦!シリーズ 決戦!賤ヶ岳
決戦!シリーズ 決戦!忠臣蔵
決戦!シリーズ 風 雲〈戦国アンソロジー〉
小峰元 アルキメデスは手を汚さない
今野敏 ST 警視庁科学特捜班 エピソード1〈新装版〉
今野敏 ST 警視庁科学特捜班 毒物殺人〈新装版〉
今野敏 ST 警視庁科学特捜班〈黒いモスクワ〉
今野敏 ST 警視庁科学特捜班〈青の調査ファイル〉
今野敏 ST 警視庁科学特捜班〈赤の調査ファイル〉
今野敏 ST 警視庁科学特捜班〈黄の調査ファイル〉
今野敏 ST 警視庁科学特捜班〈緑の調査ファイル〉

今野敏 ST 警視庁科学特捜班〈黒の調査ファイル〉
今野敏 ST 為朝伝説殺人ファイル〈警視庁科学特捜班〉
今野敏 ST 桃太郎伝説殺人ファイル〈警視庁科学特捜班〉
今野敏 ST 沖ノ島伝説殺人ファイル〈警視庁科学特捜班〉
今野敏 ST 化合 エピソード0〈警視庁科学特捜班〉
今野敏 ST プロフェッション〈警視庁科学特捜班〉
今野敏 特殊防諜班 諜報潜入
今野敏 特殊防諜班 聖域炎上
今野敏 特殊防諜班 最終特命
今野敏 茶室殺人伝説
今野敏 奏者水滸伝 白の暗殺教団
今野敏 同期
今野敏 欠落
今野敏 変幻
今野敏 警視庁FC
今野敏 カットバック 警視庁FCII
今野敏 継続捜査ゼミ
今野敏 エムエス〈継続捜査ゼミ2〉
今野敏 蓬莱〈新装版〉

木原音瀬 コゴロシムラ
近藤史恵 私の命はあなたの命より軽い
小泉凡 怪談四代記〈八雲のいたずら〉
小松エメル 夢の燈《ほ》影《かげ》〈新選組無名録〉
小松エメル 総司の夢
呉勝浩 道徳の時間
呉勝浩 ロスト
呉勝浩 蜃気楼の犬
呉勝浩 白い衝動
呉勝浩 バッドビート
こだま 夫のちんぽが入らない
こだま ここは、おしまいの地
古波蔵保好 料理沖縄物語
ごとうしのぶ いばらの冠〈ブラス・セッション・ラヴァーズ〉
古泉迦十 火蛾
小《こ》池《いけ》水《みず》音《ね》 〈小説〉こんにちは、母さん
講談社校閲部 間違えやすい日本語実例集〈熟練校閲者が教える〉
佐藤さとる だれも知らない小さな国〈コロボックル物語①〉
佐藤さとる 豆つぶほどの小さないぬ〈コロボックル物語②〉
佐藤さとる 星からおちた小さなひと〈コロボックル物語③〉
佐藤さとる ふしぎな目をした男の子〈コロボックル物語④〉
佐藤さとる 小さな国のつづきの話〈コロボックル物語⑤〉
佐藤さとる コロボックルむかしむかし〈コロボックル物語⑥〉
佐藤さとる 天狗童子
佐藤さとる 絵/村上勉 わんぱく天国
佐藤愛子 新装版 戦いすんで日が暮れて
佐木隆三 慟哭〈小説・林郁夫裁判〉
佐木隆三 身分帳
佐高信 石原莞爾その虚飾
佐高信 わたしを変えた百冊の本
佐高信 新装版 逆命利君
佐藤雅美 ちよの負けん気、実の父親〈物書同心居眠り紋蔵〉
佐藤雅美 へこたれない人〈物書同心居眠り紋蔵〉
佐藤雅美 わけあり師匠事《こと》の顚末〈物書同心居眠り紋蔵〉
佐藤雅美 御奉行の頭の火照《ほて》り〈物書同心居眠り紋蔵〉
佐藤雅美 敵《かたき》討ちか主殺しか〈物書同心居眠り紋蔵〉
佐藤雅美 江戸繁昌記〈寺門静軒無聊伝〉
佐藤雅美 青雲遙かに〈大内俊助の生涯〉
佐藤雅美 悪足搔《あが》きの跡始末 厄介弥三郎
佐藤雅美 恵比寿屋喜兵衛手控え〈新装版〉
酒井順子 負け犬の遠吠え
酒井順子 朝からスキャンダル
酒井順子 忘れる女、忘れられる女
酒井順子 次の人、どうぞ!
酒井順子 ガラスの50代
佐野洋子 嘘ばっか〈新釈・世界おとぎ話〉
佐野洋子 コッコロから
佐川芳枝 寿司屋のかみさん サヨナラ大将
笹生陽子 ぼくらのサイテーの夏
笹生陽子 きのう、火星に行った。
笹生陽子 世界がぼくを笑っても
沢木耕太郎 一号線を北上せよ〈ヴェトナム街道編〉
佐藤多佳子 一瞬の風になれ 全三巻
佐藤多佳子 いつの空にも星が出ていた
笹本稜平 駐在刑事
笹本稜平 駐在刑事 尾根を渡る風
西條奈加 世直し小町りんりん

講談社文庫　目録

2023年 9 月15日現在